suhrkamp taschenbuch 428

Für Mutter

- eine hoffentlich amüsante Reiselektüre - mit den besten Wünschen für einen sehr schönen, erholsamen Urlaub.

Simone
12-3-83

Christiane Rochefort, 1917 in Paris geboren, begann ihre schriftstellerische Laufbahn 1945 zunächst als Journalistin. 1958 machte sie auf sich aufmerksam mit dem Buch *Le repos du guerrier* (dt. *Das Ruhekissen*), dem weitere erfolgreiche Romane wie *Les petits enfants du siècle*, 1961 (dt. *Kinder unserer Zeit*), *Les stances à Sophie*, 1963 (dt. *Mein Mann hat immer recht*), *Une rose pour Morrison*, 1966 (dt. *Eine Rose für Morrison*) folgten. Ihr Roman *Encore heureux qu'on va vers l'été*, 1975, erschien erstmals 1977 unter dem deutschen Titel *Zum Glück gehts dem Sommer entgegen.*

Eine Ehe geht auseinander. An sich kein sehr originelles, kaum noch ein ergiebiges Thema. Diesmal aber spielt ein Konflikt herein, der dem banalen Vorgang gesellschaftliches Interesse und literarischen Reiz verleiht; nicht nur eben zwei zufällig unvereinbare Charaktere stoßen sich im engen Raum der übereilt selbstgewählten Gemeinschaft, sondern zwei Welten: das erfahrene, freilich auch etwas zerfahrene Mädchen aus der intellektuellen Bohème des Sechsten Pariser Bezirks und der seiner selbst und aller berechenbaren Dinge so sichere junge Mann aus etablierter Finanzfamilie. Die Liebe, oder was man dafür halten mag, hat ihnen diesen Streich gespielt; die Soziologie sorgt für alsbaldige, freilich nicht schmerzlose Desillusionierung. Céline erzählt die Geschichte ihres unerwarteten sozialen Aufstiegs und ihrer persönlichen Enttäuschung selbst, und somit ist für mitleidlose Ironie gesorgt. Christiane Rocheforts unheimliche Gabe, soziale Typen durch die ihnen eigene Sprache zu charakterisieren, schwelgt in den so dankbaren Kontrasten.

Christiane Rochefort
Mein Mann hat immer recht

Roman

Suhrkamp

Deutsch von Walter Maria Guggenheimer
Titel der Originalausgabe: *Les stances à Sophie*
Verlag Editions Bernard Grasset, 1963

suhrkamp taschenbuch 428
Dritte Auflage, 17.–24. Tausend 1980

Druck: Nomos Verlagsgesellschaft, Baden-Baden
Printed in Germany
Umschlag nach Entwürfen
von Willy Fleckhaus und Rolf Staudt

Mein Mann hat immer recht

Der Jammer mit uns unglücklichen Mädchen ist, daß wir nicht vorgebildet sind. Man gerät da mitten hinein, ohne eigentliche Unterrichtung genossen zu haben. Man findet die Apparatur schon fertig vor, sie sieht ja auch unverrückbar aus wie ein Fels, es war angeblich alles schon immer so und wird so weitergehen bis ans Ende der Zeiten, und es ist nicht einzusehen wieso es anders werden sollte. Das ist eben die Natur der Dinge. So sagen sie alle, und zunächst mal glaubt man's: wie sollte man anders, ohne alle Auskunft? Gelegentlich wundert man sich: es ist denn doch ein ziemlich dicker Hund; um aber zu erfassen, daß es ganz einfach: dumm ist, da braucht man Zeit und einen klugen Kopf. Unterdessen muß man sich eben das Ganze zurechtlegen. Im besonderen die Mannsleute, die ja schließlich und sozusagen unser naturgewolltes Arbeitsfeld sind, und für die wir, einer unglückseligen Unbestimmtheitsrelation zufolge, Schwächen empfinden, die uns den Geist verwirren und uns in Widersprüche verstricken, sofern's nicht einfach Schwachsinn ist. Tatsache ist, daß man, kaum daß man sich verliebt, sich Ohropax in die Ohren stopfen sollte. Aber gerade in dem Augenblick ist man nicht in der Verfassung, daran zu denken.

Warum nur läßt du dir nicht die Haare wachsen? sagte Philippe – 1 Meter 82, blond, Augen tiefgrün, Nase anbetungswürdig, Stirn hoch und klug, undsofort – ich hätte dich so viel lieber mit Haaren als ohne, wenigstens sähest du dann aus wie eine Frau, warum hast du schon wieder Hosen angezogen, du weißt doch, daß ich dich mit Kleid lieber mag; wenn du mich liebst sagte Philippe, kannst du mir dann nicht diese kleine Freude machen. Und jene kleine Freude. Es sollte dir nicht so schwer fallen wenn du mich liebst sagte Philippe, um wieviel Uhr hast du dich gestern hingelegt, und was hast du so lang getrieben wenns nicht indiskret ist, meiner Ansicht nach vertust du deine Zeit damit, dir eine Masse Bücher in den Kopf zu stopfen von denen du kein Wort behältst. Dafür hast du den Knopf da wieder nicht angenäht, da, an deiner Jacke, tu nicht überrascht ich hab dich letzte Woche darauf aufmerksam gemacht, es ist derselbe ich erkenne ihn. Und ich der ich gewohnt bin mit immer adretten Mädchen auszugehen, aus dem Ei gepellt! Ich der ich so gern stolz darauf wäre dich herzuzeigen! Es ist deinetwegen daß ich das alles sage mußt du wissen, wenn ich keinen Anteil an dir nähme wär's mir gleich daß deine Art zu leben dich zur Katastrophe führt, ich würde mich damit begnügen angenehme Stunden mit dir zu verbringen, wie's die meisten Männer mit den Mädchen tun die sich frei nennen, wie du, sind ja nur allzu glücklich daß ihr nach dieser Freiheit da strebt, oh! für sie ist es höchst praktisch, und was sparen sie dabei, übrigens mußt du ja da deine Erfahrungen haben da du so viele gemacht hast. Zufällig aber nehme ich Anteil an dir, das ist ein Unterschied, also versuche ich dir zu helfen, sagte Philippe, du deinerseits solltest dich auch ein bißchen bemühen, halt die Gabel mit der anderen Hand, lach nicht so das ist vulgär, dreh keine Kügelchen das ist nicht sauber, halt dich grad du rauchst zu viel du machst dir die Zähne schwarz trink nicht so viel das ist nicht gut für eine Frau, du siehst nicht gut aus du solltest zu einem Arzt gehen. Warum suchst du dir nicht eine richtige Arbeit statt sechsunddreißig Sachen zu treiben die zu nichts führen, dein Leichtsinn bringt mich zur Verzweiflung, wohin wird er dich bringen, du wirst dir noch die Gesundheit ruinieren mit all diesen Café-Crèmes. Versprich mir morgen um Mitternacht zu Bett zu gehen, um mir die Freude zu machen, sagte Philippe, wenn du es schon nicht für dich tust tu's wenigstens für mich, ich frag mich was du da anstellst inmitten dieser Horde von Versagern, was findest du nur an denen? Diese Leute sind nichts für dich, da bist du denn doch mehr wert, wenn du mir eine große Freude machen wolltest würdest du aufhören sie zu sehen; wenn du mich liebst sagte Philippe, kannst du dann nicht dies tun, das mir gefällt, und jenes nicht tun, das mir nicht

gefällt? Das ist doch nicht so schwierig. Sagte Philippe, und ich hörte ihm zu mit offenem Mund, ich trank seine Worte. Ich fand einen Sinn darin.
Und worin bringt es dich weiter dieses Dasein, das du so führst? Nun? Worin bringt es dich weiter?
Was antworten? in nichts natürlich, es bringt mich in nichts weiter. Es ist nicht dazu da, weiter zu bringen, übrigens: wohin weiter bringen? Wozu ist es dann da? – also gut, ich weiß es nicht. Siehst du, sagt er mit einem guten Lächeln, du siehst daß du es nicht weißt.
Tatsächlich seh ich überhaupt gar nichts mehr. Dieser Mann ist Attila. Wo er durchkam ist Wüste. Mein Hirn ist voller Wolken. Wer bin ich. Was treibt man hier. Geheimnis. Ach, diese großen wirren Gedanken, sagt er. Das sieht sich alles recht schön an, sehr poetisch, und wenn man dann ein wenig näher hinsieht, dann ist es Nebel und Kompanie. Nebel und Kompanie, wiederholt er, die Formulierung befriedigt ihn. Das Leben, das Leben ist das nicht, das Leben ist viel einfacher mein Kätzchen, viel einfacher als das. Hast du nicht manchmal Lust auf ein normales Leben? sagte Philippe.
Normal. Was soll das heißen? Was ist ein normales Leben auf Erden heutzutage? Mir soll's ja recht sein, aber was ist es?
Philippe indessen schien es zu wissen. Seine Sicherheit trotzte meinen Ungewißheiten, schlug sie in wilde Flucht. Das ist nichts sehr Standfestes, Ungewißheiten. Seit ich Philippe kenne, fasere ich mich auf. Ich löse mich auf, weiß nicht mehr, wohin ich gehe, ich

bin ein Staubkorn, verirrt in leeren Räumen; und in dem Zusammenbruch bleibt mir nur ein fester Punkt, nur eine Zuflucht: seine Arme. Da ist alles ruhig, reglos, still, und warm. Da ist der Friede, ist Sicherheit.

Siehst du. Da siehst du es mein Kätzchen. Daß du jemanden nötig hast. Daß du allein nicht zu Rande kommst. Du spielst die Stolze aber im Grund bist du ein ganz kleines Mädchen, das es wie die anderen nötig hat, daß man es beschütze. Na also, du siehst ja. Ist dir nicht wohl in meinen Armen?

Aber ja, mir ist wohl! Gewiß doch. Mir ist wohl. Das ist das Unglück. Der ist stark, Philippe, er ist fest gebaut, er ist sicher. Er weiß.

Er ist da. Er spricht. Und ich hörte ihm zu, mit offenem Mund, ins Kleid gewandet, die Haare herabfallend bis zu den Schultern, und die Gabel in der linken Hand. Ich ging zum Arzt, ich schluckte gelbe Pillen. Ich kam zur rechten Zeit, auf die Uhr mich verlassend, die er mir zu diesem Behufe geschenkt hatte, und die ich der Sicherheit halber vorgestellt hatte. Ich liebte ihn. An manchen Abenden ging ich um Mitternacht zu Bett, um es ihm tags darauf melden zu können, ganz stolz, und aus Seinem Mund die Glückwünsche entgegenzunehmen: das ist aber recht mein Kätzchen, nur so weitermachen, du wirst sehen, wieviel besser du dich fühlen wirst. Ich fühlte mich besser. Ich liebte ihn. Ich machte Ordnung in meinem verdammten Zimmer wenn er dort zu erhoffen war. Er liebte es nicht, mein Zimmer, aber da er in der elterlichen Wohnung lebte, mußte er wohl oder übel dahin kommen, wenn er mit mir ins Bett wollte. Er versuchte nicht zu sehen, was er, nach all der Mühe, die ich mir gegeben hatte, immer noch meine Unordnung nannte; nicht den Kram zu sehen, den ich an die Wand geheftet hatte, darunter ein paar wenig sittsame Portraits von mir, sichtbarlich von jeweils verschiedener Hand stammend, und andere Schlachtandenken, die zu entfernen ich nicht die Unredlichkeit besaß, die ihn aber verärgerten; am liebsten hätte er mein Bett nicht gesehen, dessen abgenutzter Zustand in seinen Augen von einer unzulässigen Kavalkade zeugte, im besonderen haßte er meine Bettdecke, auf der man sich alles und jederlei vorstellen mochte, er fand sie scheußlichen Geschmacks und setzte, nach so vielen anderen, selbst seine geliebten Hinterbacken drauf, stellte sich an dabei wie eine Jungfer, bis zu dem Tag, an dem er, ästhetische Gründe und den Weihnachtsmann vorschützend, mir eine ganz neue schenkte, ohne Spuren, auf der er sich allsogleich viel wohler fühlte. Er liebte mich. Er wollte mein Bestes. Und nichts erschien ihm so unvereinbar mit diesem Besten, das er für mich wollte, wie meine Art zu leben, meine Umgebung, meine Freunde, meine Gewohnheiten, meine Kleidung, meine Frisur, meine Sprechweise, mein Geschmack, meine Ideen, all das, was nicht wirklich ich selbst war – das wahre, vergrabene, erstickte, versteckte Selbst, jenes, das er liebte, das allein von ihm gekannte, dazu bestimmte, eines Tages von seinen Händen zu Tage gefördert zu werden, wie ein Diamant, der dem tauben Gestein entrissen wird. Und ich hörte ihm zu, offenen Mundes, ins Kleid gewandet, die Haare herabfallend den halben Rücken entlang. Und ohne jedes Ohropax. Im übrigen hat er so eine schöne Stimme.

– Schließlich und endlich, bist du glücklich so?
Er war nicht der erste, der sich für mich interessierte, auf diese Weise meine ich, die ich wohl kenne und der ich für gewöhnlich mißtraue; ein erleuchtetes, großmütiges Interesse für mein Leben, was ich so alles tue, wohl gar denke, undsofort. Es hatten schon Männer mein Zimmer betreten, hatten sich umgesehen, hatten Fragen gestellt, was treibst du, wie lebst du, und wovon, dann hatten sie geseufzt: meine arme Katz, oder mein armer Has, oder Schatz, oder Kätzchen, je nach Bildungsgrad Beruf und Tagesmode; einmal hab ich mir auch sagen hören: mein armes Tierchen; das kam aus einem neuen Film; es kommt immer irgendwo her. Dann streichelt man mir das Gesicht, drückt mich an die Schulter. Man wird mir helfen. Mich beschützen. Gegen die häßliche Welt, in der ich verloren bin. Armes verlorenes Kätzchen (Hundchen, Häschen, Tierchen undsoweiter). Junge Frauen in Not, das rührt sie ganz um.
Mich ödet es an. Ich bin nicht in Not, wenn ich von der Pinke absehe, wo es freilich hapert, und aus gutem Grund, ich hasse Arbeit, die einen ankotzt, und es ist sehr schwer, Arbeit zu finden, die einen nicht ankotzt, und eben: wenn sie sich wirklich interessierten, wäre es, nach so schönen Worten, das beste, mir

auf nette Weise ein bißchen Pinke zuzustecken, als gute Kameraden, da es ja das ist, was zu sein sie vorgeben. Aber es ist rein moralische Unterstützung, von der die Rede ist. Vielleicht käme die Pinke am Ende heraus, nach harter Arbeit meinerseits, mich moralisch stützen zu lassen, in die Schulter hineinzuweinen, kurz, den ganzen Rummel nach allen Regeln ablaufen zu lassen. Wenn jedoch gearbeitet werden soll, kann man sich ebensogut gleich als Hure etablieren, oder, da's nicht in meinem Charakter liegt (doch zu viel Unannehmlichkeiten), dann also ins Büro gehen. So beruhige ich sie denn im allgemeinen aufs rascheste, wenn ich so lebe dann eben weil's mir so paßt. Es ist so meine Art. Lager, Gedeck, Wollzeug. Punktum. Auf die Weise brauch ich mich nicht übermäßig zu plagen. Es ist halt meine Art. Ich beklag mich nicht.
Ach so. Ach so wenn du dich nicht beklagst dann wär ich ja dumm. Ach so. Die großmütigen Gedanken schlüpfen zurück ins Futteral, der Blick, vor Güte feucht, wird wieder undurchsichtig, ein ganzer chemischer Vorgang wickelt sich mit Augenblicksschnelle ab – ich weiß nicht ob ich mich verständlich mache aber es tut nichts ich bin's gewohnt. Im übrigen ist es ziemlich rätselhaft: was genau ist eigentlich vor sich gegangen? Es war doch ganz einfach; aber nein, es ist es nicht. Nein. Es ist kompliziert. Angeblich spräche man nicht von der gleichen Sache. Da wäre eine Apparatur zur Stelle, die man kennen müsse, in die man sich einzufügen habe. Ich hätte die Maschine blockiert. Gut, soll sie blockiert sein, ist

mir egal. Der nächste der Herren, bitte, davon gibt's mehr als genug.
Aber Philippe ist mir nicht egal. Davon gibts nicht mehr als genug. Es gibt nur einen: eben den da; nur einen der diese Augen hätte diese Hände diese Stimme, und diese Fähigkeit mich an der rechten Stelle zu bewegen, die mich völlig vergessen hat lassen, daß ehedem andere die gleiche hatten.
Und die ich: Liebe nenne.

– Also, ja oder nein, bist du glücklich auf diese Weise?
Was soll man da antworten. Ja oder nein. Glücklich. Was soll das heißen. Weiß ich's. Glücklich. Nein, natürlich nicht. Na und?
– Aber ich pfeif drauf glücklich zu sein.
– Na na. Da wärst du die einzige. Jedermann will glücklich sein.
– Und ich pfeif drauf.
– Unglücklich sein, nur gerade um nicht zu sein wie jedermann, das heißt doch die Originalität ein bißchen weit treiben findest du nicht?
– Aber Philippe ... so ist es doch gar nicht ... mir ist es gleich ob ich bin wie jedermann oder nicht, aber wenn jedermann lauter Blödiane sind ...
– Da haben wirs, da ist es, das Banner der Revolte, was liest du denn zur Zeit, mein Gutes? Mao tse-tung?
– Das Sonntagsblatt! Merde alors, Scheiße noch mal, mich können sie allmählich –

– Und der Wortschatz ganz entsprechend.
– mit ihrem Glück! Der Schah ist glücklich, die Prinzessin ist glücklich, der Packer ist glücklich, das ist eine fixe Idee, die sie alle haben. Gestern hab ich Milch gekauft, die hieß Milch von glücklichen Kühen, ich schwör dir es ist kein Witz. Es gibt auch Glückslampen, sobald man die anknipst, ist man glücklich heißt es. Das ist große Mode. Sie wurden glücklich und hatten viele glückliche Kinder. Mit der Atombombe überm Kopf. Bis sie runterfällt. Merde.
– Du mit deiner Bombe. Die bringst du überall unter.
– Ich, ich bring sie überall unter? Ich bin's, die sie unterbringt? Merde alors. Wahrscheinlich hab ich sie auch erfunden?
– Hör mal, könntest du nicht einen Satz zustande bringen, ohne merde zu sagen? es wird eintönig am Ende.
– Das liegt nicht an mir, der Gegenstand erfordert es.
– Wieso der Gegenstand? Ich spreche zu dir vom Glücklichsein, ich sehe nicht, inwiefern das diese Zutat erfordert.
– Ich schon. Das Glück: merde.
– Ach so. Er seufzt. In dem Fall kann ich ja am besten gehen. Ich sehe nicht, was ich hier noch zu bestellen hätte. Ich, der ich nur daran denke, dich glücklich zu machen. Der ich nur einen Gedanken habe: dein Glück. Er legt sein Brot hin, das er zerkrümelte; sein Blick wendet sich ab von mir; die Sonne verhüllt sich, die Erde wird dunkel. Ich habe einen Fehler begangen. Ich habe mich schlecht ausge-

drückt. Ich hätte nicht sollen. Warum kann ich meinen Mund nicht halten? Ich weiß doch was jedes Mal passiert. Was man braucht, wenn man verliebt ist, das ist nicht nur Ohropax, das wäre auch ein Heftpflaster über den Mund.

– Ich weiß wirklich nicht, warum ich mich für dich interessiere ... Du nimmst einem allen Mut, weißt du das ...
Lieber Gott, bitte, tu was. Er wird gehen. Auf immer. Und ich, was werd' ich tun? Was werd' ich tun ohne ihn? Leere Tage, und die Nächte ...
– Und ich beginne, den Mut zu verlieren ... Beginne, mich zu fragen, ob ich nicht meine Zeit verplempere. Während doch. Seufzer. Siehst du, Céline, für mich ist ein Zeitpunkt gekommen, der entscheidend ist im Leben eines Mannes. Ein Zeitpunkt, in dem es Entscheidungen zu treffen gilt. Ernste Entscheidungen. Und nun trifft es sich, daß diese Entscheidungen zum Teil von dir abhängen. Und du! du ...
O weh.
– Du sitzt da ohne was zu merken, oder aber sofern du merkst ist es noch schlimmer, dir ist es total schnuppe was ich möglicherweise tue oder nicht tue, ob ich da bin oder nicht, ich bin nur einer unter anderen ...
– Philippe ...
– Der deinen Lebensweg kreuzt. Während ich daran denke, dich bei mir zu behalten – immer –
O weh o weh o weh. Ach mein Herz. Ach meine

Schwäche. Ach dieses Wort! Warum bin ich so weich, plötzlich so ohne alle Kraft? Was ist denn in diesem Wort? Welcher Zauber – welches Gift?

– ... und alle Tage darum kämpfe ... Gegen meine Mutter; gegen meinen Vater; die sich für mich andere Pläne zurechtgelegt hatten kann ich dir sagen, und nicht müde werden mich zu bearbeiten! Was hat mir meine Mutter an Mädchen mit Vorzügen und allem Drum und Dran zwischen die Beine schleudern können ... und die ich nicht mal angesehen habe ... Glaubst du, es sei gar kein Opfer für mich, so eine Entscheidung? Und dann muß ich auch noch gegen dich kämpfen? Ich halt' das nicht ewig durch, weißt du. Ich sag's dir jetzt schon.

O weh.

– Wenn du nicht glücklich sein willst, ich kann dich schließlich nicht zwingen ...

Tralala. Das Glück mit Hörnern und Pferdefuß, lauert auf mich an der nächsten Wegecke. In unseres Lebensweges Mitte. Die Versuchung. Freiheit oder Liebe! Das Messer an der Kehle. Und in wessen Namen sie abwehren. Die Freiheit. Freiheit wovon? Freiheit. Wovon? wovon? Du bist siebenundzwanzig Jahre alt, sagt Philippe, es wäre an der Zeit zu wissen, was du zu tun gedenkst im Leben. Für nebelhafte Träumereien hast du die Altersgrenze ein ganz klein wenig überschritten, sagt Philippe. Es wäre an der Zeit, wäre an der Zeit. Oder aber du läufst Gefahr, zu spät aufzuwachen und festzustellen, daß du den letzten Wagen versäumt hast (welchen Wagen, welchen Wagen?).

– Ich merke, du sagst gar nichts. Wenn das der ganze Eindruck ist, den dir meine Worte machen ...
Ich muß unbedingt etwas sagen. Unbedingt.
– Philippe ...
Allerdings etwas kurz. Das findet auch er.
– Ja?
– Es ist doch nicht so, daß ich nicht glücklich sein will das ist es nicht was ich sagen wollte ...
– Also was ist es dann?
– Ich wollte sagen ... (bitte, einen Kamm) nicht darum geht es ... im Leben ...
– Aha. Und worum geht es dann? – Antworte? – Na? –Worum geht es im Leben?
– Nun. Ich weiß es nicht.
– Na gut. Das natürlich, wenn du nicht weißt, worum es geht, das ist der Mühe wert, dafür zu leiden alle Tage deines Lebens. Dein Glück dafür zu opfern. Es ist was Schönes für seine Ideen zu leiden. Aber was ist denn? Komm Céline was ist denn los? du weinst ja?
Was soll ich sonst tun? Wirklich, was konnte ich sonst tun? Es ist ja wahr, ich weiß es wirklich nicht, worum es geht! Ich bin total beschwipst, ich versteh es selber nicht.
– Komm, meine Katz ...
Er lächelt. Er hat neue Kräfte geschöpft aus dem Befund meiner Schwäche. Er ist zufrieden. Er greift nach meiner Hand.
– Komm du wirst doch nicht anfangen zu weinen, so einfach vor allen Leuten! Die Menschen werden glauben ich sei ein Böser, ein Quäler ... Du glaubst

doch nicht am Ende, ich, ich könnte danach trachten, dich traurig zu machen? Ich versuche nur, ein bißchen Ordnung hineinzukriegen in dieses kleine Köpfchen. Er streichelt dasselbe. Ist ja voll von falschen Ideen, die dir weh tun. Die die wahren Dinge verbergen, die drin sind. Und ich ...

Seine Hand umschließt die meine. Er zieht sie zurück, da kommen die Austern, er muß zulangen.

– ... und ich, siehst du, er schlürft eine Auster, ich will nicht, daß du dir weh tust; er schlürft eine Auster. Ganz unnötigerweise. Er schlürft. Ich möchte, daß du glücklich bist. Er schlürft. Sogar dir selbst zum Trotz. Er schlürft eine Auster. Und du, du weinst! Komm, iß, sie sind köstlich. Er schlürft. Du wehrst dich, als wollte ich dir Gift verabreichen. Bin ich Gift? Er schlürft eine Auster. Er seufzt. Die Wahrheit ist, daß du mich nicht liebst.

– O Philippe ...

Er verdrückt zwei Austern.

– Nun? Warum weigerst du dich dann, dich deinen Gefühlen zu überlassen? Prinzipien zuliebe? Welchen? Du weißt es nicht einmal! Warum versuchst du, zu ersticken, was das beste in dir ist? Ich weiß es, was das beste in dir ist. Er schlürft eine Auster.

– Ach? Und das wäre?

– Du bist eine Frau.

Also darin sind sie großartig.

Ich schau ihn an. Wenn nun ich zu ihm sagte nehmen wir's mal an, ich weiß was das beste ist an Dir, es ist daß du ein Mann bist. Was würde das also heißen. Was das beste ist an dir, ist daß du ein Mann bist. Mal sehen. Was das beste ist an einer Banane ist daß sie eine Banane ist. Im Grunde stimmts auch noch. Aber eine Banane ist tatsächlich eine Banane. Da ist der Fall einfach. Während ein Mann –
– Woran denkst du?
– An nichts.
Erfahrung lehrt Vorsicht. Das Heftpflaster. Da die Gefahr abgewendet scheint, Philippe noch da ist, Austern ißt und kein bißchen danach aussieht, als dächte er daran, aufzustehen von seinem Stuhl, hab ich mich nur zusammenzunehmen.
– Aber ja. Ich seh doch, daß du nachdenkst. Ich seh's immer, wenn du denkst.
– Ich dachte an Bananen.
– Beim Austernessen?
– Übrigens stimmt es, sie sind wirklich gut. Das beste an ihnen sind die Austern. Ich möchte noch welche.
– Wird dir das nicht schaden?
– Was nicht gar, mein Magen ist aus Eisen.
– Das sagt man so, und später zahlt man dafür.
– Ach später.
– Sieh mal an, du hast nicht merde gesagt.
– Na also. Ich mache Fortschritte.
Er lacht. Er ist zufrieden. Er bestellt noch Austern.
– Ich möchte auch noch Wein.
– Was, du hast schon die ganze Flasche ex?

– Wieso ich! Und du?
– Du weißt genau, daß ich an Weißwein kaum rühre. Dagegen du rührst ziemlich viel daran, kommt mir vor ... wenn du die Absicht haben solltest, noch vor dem Brouilly eine zweite Flasche leer zu kriegen ...
– Ich werde keinen Brouilly trinken, ich werde bei dem hier bleiben; ich hasse diese Sortenwechslerei während einer Mahlzeit.
– Aber zum Hähnchen in Burgunder! Du wirst schließlich keinen Weißwein zum Hähnchen in Burgunder trinken!
– Warum?
– Also komm ... zum Hähnchen in Burgunder trinkt man roten ... außerdem und auf alle Fälle trinkst du zuviel; für eine Frau.
– Und was ist das: eine Frau?
– Aha aha, du kommst darauf zurück. Also gut, es ist das, was du nicht sein willst, sagt er lustig.
– Ich?
– Ja, du.
Er lacht. Er ist zufrieden. Er weiß, wovon er spricht: erstens, was eine Frau ist, zweitens, daß ich keine sein will. Ich. Ich, die ich seit allerlei Monaten in seinen Armen (ohne von den anderen zu reden aber reden wir nicht davon) – ich verweigere mich meiner Fraulichen Bestimmung.
– Aber ja, bestätigt er mit einem guten Lächeln, du willst keine Frau sein.
Das Unglück ist, daß man, des Wortes mächtig, dauernd in Versuchung kommt, es zu nehmen; während es doch so viel klüger wäre, zu schweigen. Wirklich,

so leicht sollte es einem nicht fallen; so einfach ohne daß man daran denkt sollte es nicht aus einem herauskommen, es müßte einer gewissen Dosis von irgend etwas bedürfen, damit die Zunge locker wird; keines Mordskalibers meinetwegen, aber doch einer gewissen Dosis von irgendwas; beim Weinen, beispielsweise, bedarf es zu Beginn einer gewissen Dosis von Betrübnis; oder man muß es berufsmäßig los haben, was auch nicht so leicht ist.
Reden aber, jeder Beliebige erlaubt sich das beliebig wann beliebig wie, und beliebig was. Was aber soll man denn auch tun während der Zeit, wenn nichts passiert. Es gibt einfach Lücken. Mit Worten zu füllen. Selbst mit Lieben sind nicht alle Sekunden des Lebens zu besetzen, muß man glauben; im Grund sind wir arm dran. In Erwartung des Folgenden bin ich mal dabei, eine Definition zu verlangen, was er da drunter versteht, unter »einer Frau«; ich nämlich fühle mich durchaus als solche, und es befriedigt mich recht sehr. So möchte ich also wissen, was denn er. Er hat eine Definition; die Apparatur hat ihre Schubladen, ich hätt es wissen müssen. Eine Frau ist vor allem anderen zum Lieben da. Aha aha; jetzt wäre eine Definition für Lieben nötig, es gäbe nochmal eine Schublade, gleichfalls leer und mit einer weiteren Schublade, auch leer.
– Aber damit hab ich doch mein Leben verbracht! (Das Heftpflaster, meine Tochter, das Heftpflaster! Zu spät).
Oho nun denn doch nicht. Nicht wie ich es trieb. Wie ich es trieb das war nicht wirklich Lieben. Man nennt

es auch ganz anders (ich hatte es vergessen, mit den anderen schläft man) und außerdem täte ich ganz gut, nicht dran zu erinnern, da ist nicht so sehr viel, dessen man sich zu rühmen hätte, abgesehen davon, daß es nichts Angenehmes zu hören ist für den, der sich gegenwärtig hier befindet und der sich dauernd, aus Artigkeit für mich, bemüht, es zu vergessen. Und kann ich vielleicht sagen, was mir davon verblieben ist?

– Nichts.

– Na siehst du. Und worin hat es dich weitergebracht?

– Nun, da mir nichts verblieben ist, sollte es dich eigentlich auch nicht stören.

– Da bitte, du räsonnierst.

Ich räsonniere.

– Und du, was tust du?

– Ich, sagt er, ich rede ernsthaft. Wenigstens versuche ich es. Und es ist mir hoch anzurechnen, denn mit dir ist es keine leichte Sache.

– Weil ich antworte wenn du was sagst?

– Siehst du. Du hörst nicht auf.

– Ja aber Philippe ...

– Siehst du: ja aber. Immer aber.

– Ja aber schließlich Philippe! ...

– »Aber«.

– Jaa-iaaaa!

– Komm, nimm dich ein bißchen zusammen, man wird denken, ich bin mit einer Verrückten.

– Du bist mit einem Eselchen. Das ist es doch was du meinst?

– Du redest dummes Zeug.
– Ich bin eine Frau, ich hab das Recht dazu!
– Ah, aber nicht das Recht zu übertreiben! sagt er; jedoch hocherfreut.
– Und woher sollte ich armes Mädchen wissen, wann ich übertreibe?
– Wenn ich es dir sage.
– Ach so. Auf die Weise ist es wenigstens einfach.
– Eben ja, sagt er. Es ist einfach. Siehst du. Sehr einfach.
Er wiederholt: es ist sehr einfach. Einen Augenblick lang sieht er mich an, ohne zu sprechen, dann beginnt er wieder:
– Und das sagt dir gar nichts, solche Einfachheit? Es sagt dir nichts? Du hast nie davon gekostet. Du hast es nie wollen, davon kosten. Es ist ein ganzer Teil des Lebens, von dem du nichts weißt. Und doch liegen in der völligen Hingabe an die Liebe, der du dich so heftig verweigerst, ungeahnte Möglichkeiten des Glücks. Die dir entgehen. Die du möglicherweise nie kennen lernen wirst ...
– Aber – das ist ja der Karmel!
– Der Karmel mit einem Mann, den man liebt, macht dir das denn solche Angst? Aber wenn du mich wirklich liebtest Céline, dann wäre er ja in deinen Augen das Paradies, dieser Karmel! Dein heißester Wunsch! Wenn du ihn nicht willst, dann ganz einfach weil du mich nicht liebst. Nun, was sagst du dazu?
– Philippe ... ich lieb dich doch ...
– Ja und? Willst du mich lieben – voll und ganz? denn sonst, ich, mußt du wissen ...

– Aber warum Philippe ... warum kann es nicht weitergehen ...
– Weil wenigstens ich ehrlich bin! Weil ich für mein Teil nicht spiele mit der Liebe! Du, du mogelst ja! Du spielst! Du gibst dich nicht, du leihst dich her! Und ein Leihvertrag, der interessiert mich nicht! Du kannst dich wiederhaben, wenn du dich nur verliehen hast! Und zwar ab sofort! Du hast immer noch nicht geantwortet auf die Frage, die ich dir soeben gestellt habe! Und die war doch deutlich genug! Ich auf jeden Fall kann nicht mehr warten. Entweder es ist ja, dann aber ganz. Oder aber – oder aber du wirst wieder weiterleben können, wie es dir paßt. Zurückkehren zu der Freiheit, die dir so teuer ist. Selbst über dein Leben bestimmen, mit den großartigen Resultaten, die das bisher erbracht hat. Nicht wahr? Mit siebenundzwanzig Jahren, das ist ein schönes Alter, um sich dran zu machen. Man hat schon das Maß seiner Fähigkeit genommen. Man kann seine kleine Bilanz ziehen. Den Erfolg ermessen, oder den Mißerfolg. Ich weiß nicht, wie du mit der deinen zurechtkommst ... Aber Céline ... was ist denn los mit dir? Was tust du? Wohin gehst du? ...

Wohin ich gehe?

– Mir scheint, ich habe recht daran getan, zu kommen. Ich dachte mir schon, ich würde dich in diesem Zustand vorfinden. Céline. Komm Céline. Sieh mich an. Mein armes Kleines. Diese armen Augen ...
Er holt nasse Handtücher, legt sie mir auf die Stirn.

Er hat sich an den Rand des Bettes gesetzt, auf dem ich zusammengebrochen bin, Kopf in die Kissen vergraben.

– Beruhig dich. Na also. Beruhig dich. Ich bin da. Dir ist es doch recht, daß ich da bin? Komm. Ja, steck dich zu mir. Da bist du in Sicherheit.

Ich habe ihn geflohen – und dann hatte ich nichts mehr. Meine siebenundzwanzig Jahre, und weiter nichts. Nichts in Händen. Nichts. Und nicht einmal mehr ihn. Nichts.

– Na na also, komm, jetzt ist es zu Ende es ist in Ordnung, alles wird ganz glatt gehen, das wirst du erleben. Beruhig dich. Komm. Ach, wie recht hab ich getan zu überlegen, deine Flucht nicht ernst zu nehmen, nicht die Hoffnung zu verlieren ... Zuerst war ich verzweifelt, weißt du. Mir liegt an dir ... sehr viel ... Ohne dich auszukommen, das wäre nicht so leicht gewesen weißt du ... Als ich dich fortgehen sah ... Du bist los wie ein gejagtes kleines Tier, hast alles liegen lassen, deine Tasche, deinen Mantel. Und bei der Kälte. Das war es auch, weswegen ich mich besonnen habe. Komm, Céline, versuch dich zu beruhigen. Wenn du dir nur nichts Böses geholt hast ... Du bist fieberheiß ...

Er holt Aspirin, noch mehr Umschlagtücher; er wiegt mich.

So viel hatte er gar nicht zu hoffen gewagt.

– Eines Tages mußte das ja durchbrechen. Ich wußte wohl, wie schwer es dir ums Herz war. Ich bin ja ziemlich aufs Ganze gegangen aber es mußte sein, er mußte aufbrechen, dieser Abszeß, er tat dir zu weh.

Weine nur, wein, das tut gut. Ich wußte doch, daß ich es schaffen würde, daß die Festung am Ende fallen würde. Ach, was hast du dich gewehrt! ... Na, welch ein Rückstand mein armer Schatz. Sieh mal, was sich dir da am Grunde angesammelt hatte. Und dich vergiftete. Mein armer kleiner Schatz. Siehst du wohl du hast ein Herz, wie sehr du es auch leugnen magst. Meine arme kleine Katz. Na komm. Beruhig dich. Versuch dich zu beruhigen. Ich bin da. Ich bleibe da. Ich liebe dich. Du brauchst keine Angst mehr zu haben.

Am Morgen ließ er den Arzt kommen.

– Ich bin da. Ich verlaß dich nicht mehr.

Ach meine Freunde verzeiht mir ich bin verloren.

Am Hochzeitstag ist man immer schlechter Laune. Er auch. Er raunzt, weil der Bürgermeister eine idiotische Ansprache gehalten hat. Ihm zufolge. Was hatte er erwartet, es ist eine Hochzeit, keine Nobelpreisverteilung. Der Bürgermeister hat eine normale Ansprache gehalten. Die Dinge stellen sich halt dar, wie sie sind. Das Verwunderliche ist, daß er verwunderter ist als ich. Ich meinerseits lächle. Er fragt mich, warum ich lächle. Ich sag ihm es sei komisch. Er bohrt nicht weiter. Mit einer Frau, die eine nervöse Depression hinter sich hat und erst noch zweihunderttausend alte Franken Klinik kostete, geht man vorsichtig um. Gestern hat er mich gefragt Bist du glücklich, und da hat's zu rinnen begonnen. Ich sei noch nicht gänzlich geheilt heißt es. Deswegen wohl auch hat er keinerlei Bemerkung gemacht über meinen Aufzug (ich wüßte kein anderes Wort dafür).
Was war in mich gefahren? Warum hatte ich, unter tausenden, dies eine Kostüm ausgesucht? Zu knausern hatte ich bestimmt keinen Anlaß, er hatte mir einen haushohen Betrag vorgestreckt, mit der still-

schweigenden Weisung: Für dies eine Mal streng dich ein bißchen an. Das hatte ich getan.
Als ich mich am Morgen ein letztes Mal im Spiegel sah, vor der Abfahrt (Adieu kleine Bude), da stellte ich fest, daß ich in tiefer Trauer war. Wie hatte ich es nur angestellt? Dieser Hut da auf meinem Kopf. Ich hatte ihn doch aufprobiert, fünfzig hatte ich aufprobiert. Nun also diesen da hatte ich ausgesucht. Ich bin wirklich fürchterlich. Auf Anhieb, ohne Vorkenntnisse, hatte ich entdeckt, wie man sich zu einer Tantenbeerdigung in Romorantin anzieht. Auch da noch bin ich sicher, daß sie es, mit den Einheitspreisläden, besser schaffen. Aber gerade dies eine Mal war ich eben nicht hingegangen, ins Einheitspreisgeschäft. Ich hatte höher hinaus wollen. Es wird mir eine Lehre sein.
Doch was tun, hier und jetzt? Man kann zu einer Hochzeit, gar seiner eigenen, nicht in Hosen und Windjacke gehen. Ich hab nichts anzuziehen, und das Wenige ist in den Koffern. Es war auf verzweifelte Weise zu spät. Ich hab mir gesagt: ich geh nicht hin. Es gibt solche Sperren bei uns Weibern, in Hinsicht auf Ästhetik, irrsinnigste Entschlüsse können auf Grund eines Fetzens Stoff gefaßt werden. Der Gedanke, daß mit dem Ganzen neu zu beginnen wäre, hat mich dann doch wieder zur Raison gebracht. Ich habe meine Tränen getrocknet, samt der Wimperntusche, die ich, den Trauereffekt zu verstärken, ausnahmsweise an diesem Tag aufzutragen für richtig gehalten hatte. Ich war scheußlich, das einzige, was mir übrig blieb, war, den ganzen Tag über in keinen

Spiegel zu schauen. Ich war zu spät daran, der Wagen wartete, mit meiner Zeugin, da ich ja keine Familie hatte.
Er hatte eine. Wohl oder übel mußte sie mich ankommen sehen. In ihren Blicken besah ich mir das Bild meiner vernichtenden Niederlage; in den seinen aber die Beschämung. Darauf war er nicht gefaßt gewesen. Ich auch nicht, aber wie sollte ich es ihm sagen? Aus Rücksicht würde niemand auf die Sache zu sprechen kommen. Ach, wie konnte man nur unbemerkt bleiben? Das ist nicht leicht, wenn man die Braut ist.
Die Mutter ist von Mitleid buchstäblich gepackt. Armes Mädchen (ich). Ihr Sohn heiratet eine arme Waise, die sich nicht einmal anzuziehen weiß. Das sind so Dinge, mit denen man sich abfinden muß, wenn man Kinder hat. Die gabeln euch irgendwas auf, und heutzutag bei diesem Durcheinander aller Klassen darf man sich nicht mal mehr drüber aufhalten ohne für rückständig zu gelten. Sie denkt an die oh wie tadellosen Jungen Mädchen, die sich nichts besseres gewünscht hätten, ein hübscher Junge wie Philippe, und man hätte Wirkliche Hochzeit gehabt mit Anzeige im Figaro, vielleicht sogar einem Bild, statt dieser verschämten Intimität, die danach riecht, als wäre da nur was in Ordnung zu bringen. Sie denkt auch, zweiter Anlauf, daß, losgelassen wie er war, dieser Naivling, gefangen im Netz der Sinne, er sich auch eine Berufshure hätte fischen können, und immerhin so weit ist er nicht gegangen. In tiefer Betrübnis umarmt sie mich. Sie trägt einen rohseide-

nen Mantel; ihre Schwester Irène ist in pastellfarbener Schantungseide; Stéphanie in weißer englischer Stickerei, wie es ihrem Alter geziemt; und meine eigene Camille, meine Zeugin und mein einziger Rückhalt – nicht meine beste Freundin, doch die vorzeigbarste, an die ich mich im allgemeinen Interesse gehalten hatte, als Schandfleck reichte ich allein aus und was das Amusement betraf, so wars kaum der Mühe wert gute Kameraden dran teilhaben zu lassen – Camille ist in einem anbetungswürdigen rosa Zeug, brandneu, und allgemein hält man sie für die Braut: wie auch sollte man die in jener Cousine aus der Provinz vermuten, die, von einem kürzlichen Trauerfall betroffen, sich zu verbergen sucht? Ich habe Madame Aignan bei einem sehnsüchtigen Blick auf Camille ertappt: wenn er doch wenigstens die da genommen hätte! – Kurzum nur ich, ich allein bin in Schwarz inmitten dieser Hortensienblüte, ich allein in schwarzer Wolle an diesem strahlenden Morgen, mitten im Frühling, und um alles vollzumachen: das Wetter ist schön. Sehnlich wünsche ich, daß es regne. Sagt nicht übrigens der Aberglaube, daß es regnen müsse auf eine Hochzeit, damit die Ehe glücklich werde? Auf diese jedenfalls wird kein Tropfen fallen, den ganzen Tag über.
Dieser Tag. Man ist ja schon erledigt, wenn man ihn beginnt. Die Papiere; beim Anblick eines Papiers packt mich die Kolik. Die Besorgungen: unglaubhaft was man an Dingen einkaufen muß, um zu heiraten, und warum. Die Visen – man muß ja losfahren, kaum ist der Rummel abgetan, es kann, so scheint es,

nicht warten, so als wäre das Rathaus ein Raketenmotor. Der Notar; die Trennung; das ist der Hauptwitz: man vereinigt sich und genau im selben Augenblick trennt man sich; und um was zu trennen? Seine Güter von meinen Nicht-Gütern; Ewige Liebe, aber denn doch einige Vorsorge für alle Fälle, Gänzliche Hingabe aber Moment mal, nicht von allem! Den Notar hab ich zu schätzen gewußt. Ich kam eben aus der Klinik, aber das hat mich augenblicklich aufgemöbelt; da wußt ich gleich woran ich war. Nach all dem kam ich zur Hochzeit sozusagen mit den Füßen voran. Solche Sachen bringen mich um. Nein niemals fang ich wieder an das ist ganz sicher. Oder aber ich nehme einen Sekretär und lasse mich vertreten.

Gestern bin ich beichten gegangen. Des Beichtzeugnisses wegen. Sag ich zu ihm: Was in aller Welt werd ich ihm erzählen können diesem Mann? Gib mir doch eine Anregung.

– Hör mal, es ist doch immerhin nicht meine Sache, dir deine Beichtbekenntnisse vorzuschreiben!

– Was wirst denn du ihm sagen?

– Aber das geht dich doch nichts an!

Mein Wort, sollte er die Absicht haben es im Ernst zu tun? Nach seinen früheren Reden hatte ich annehmen müssen, er sei Freidenker, und er gehört ja auch der bürgerlich antiklerikalen Radikalen Partei an; gut, sie ist modern, doch immerhin.

– Gut, ich werd sagen, ich hätte Äpfel gemopst. Andernfalls kann das ja sechs Monate dauern. Und am Ende verweigert er mir die Absolution. Und den Schein. Was bleibt einem übrig als Erfinden. Ich werd ihm Joyce vorlesen. Außerdem weiß ich nicht einmal mehr das Confiteor auswendig. Ich bekenne Gott dem Allmächtigen Jesus Christus seinem eingeborenen Sohn der Seligen Jungfrau Maria Jungfrau und Mutter und allen Heiligen, ich verwechsle sicher mit dem Credo, daß ich viel gesündigt habe, in Gedanken, Worten und Handlungen, na das geht ja schon einigermaßen, mea culpa mea culpa ...

– Hör mal, muß das wirklich sein?

Er ist nervös wie ein zweiter Regieassistent beim Film und spießt um ein Haar den 32er auf, der ihn ein Arschloch nennt. Ich lache. Das paßt ihm nicht, daß ich lache. Ich nehme die Gelegenheit wahr, zu sagen, ich hörte ein Klappern im Motor, das ist es, wozu ich greife, wenn ein Fahrer neben mir Quatsch macht. Das stellt sie ruhig. Es tut mir von Herzen leid aber ich verabscheue den Gedanken an einen sinnlosen Tod. Brav horcht er auf seinen Motor, bis zur Place Saint-Sulpice. Das ist meine Pfarrei, heißt es. Auf der Schwelle des Gebäudes zögere ich. Ich weiß, daß es kalt ist da drin. Das einzige Mal daß ich hinein ging war es, um meinen Strumpf hochzuziehen, der gerutscht war. Und da war es kalt drin.

Ich sage: das ärgert mich da hin zu gehen. Wozu der ganze Zirkus?

– Du weißt genau, daß es meiner Eltern wegen ist. Wir haben diese Frage schon vorab geregelt, ich kann nicht einsehen, warum du sie jetzt wieder stellst.

– Weil ich davor stehe. Aber sind die wirklich religiös deine Eltern?

– Eine nur zivile Trauung brächte sie in Verlegen-

heit. Ich aber sehe keinerlei Anlaß, sie in Verlegenheit zu bringen.
– Das ist erschreckend.
– Was ist erschreckend?
– Also wenn du Kinder hast werden sie sich wieder in der Kirche trauen lassen um dich nicht in Verlegenheit zu bringen? Und so geht der Schwindel weiter bis ans Ende der Zeiten, wo Gott wohnt weiß kein Mensch aber der Schwindel geht weiter. Und du findest das nicht erschreckend.
– Was dir alles einfällt.
– Gott fällt mir ein in einer Kirche, da ist weiter nichts Komisches dabei oder?
– Aber das ist doch gar nicht die Frage. Es handelt sich um einen Beichtzettel, den man haben muß. Das ist höchst einfach. Das ist keine Metaphysik. Wirst du dich denn gar nie ändern? Geh rein, wir werden doch nicht auf diesen Stufen stehen bleiben bis dir die Erleuchtung kommt. Wir haben noch viel zu erledigen heute.
– Mich ärgert das. Es ist auch nicht anständig, es zu tun.
– Hör mal, das hättest du dir früher überlegen müssen.
– Ich weiß es eben jetzt erst. Meine Füße wissen es.
– Wenn du Metaphysik mit deinen Füßen treibst, wundert mich nichts mehr. Auf jeden Fall ist es zu spät, die Papiere sind ausgestellt, die Zeit ausgemacht. Es ist sogar schon bezahlt.
– Ah dann wenns bezahlt ist. Gut. Trotz allem, mich die Füße in eine Kirche setzen zu lassen nein ich

schwör dir dazu muß ich dich wirklich lieben. Im Ernst, Philippe, ich bitt dich das als einen Liebesbeweis anzusehn.
– Aber liebste Freundin ich bitte dich sei ein bißchen logisch: entweder du legst diesen Dingen, so wie du es behauptest, keinerlei Bedeutung bei, und folglich ist es dir gleichgültig, wie du dich ausdrückst, den Fuß in eine Kirche zu setzen, oder aber, wenn es dir nicht gleichgültig ist, dann legst du ihnen eben Bedeutung bei, und dann hör auf den Freigeist zu spielen. Sei doch ein bißchen ehrlich.
Worauf ich nur mehr den Mund zu halten hab.
– Du weißt zu welchem Zweck ich das letzte Mal hier hereingegangen bin?
– Nein, und ich will es nicht wissen. Ein für alle Mal erlaß ich dir diese Art von vertraulichen Mitteilungen.
Was er sich wohl vorgestellt haben mag?

Die Glocken läuten. Das Wetter ist schön. Ich bin verheiratet.
Du siehst nicht lustig aus, sagt Camille; die sich übrigens auch ödet, es ist eine wahre Gemeinheit sie da her geschleppt zu haben aber irgendwer mußte es ja sein.
– Ich hätt mich nicht in der Kirche trauen lassen sollen.

– Das bist wieder echt du. Beim Herausgehen.
– Woher sollte ich es denn vorher wissen.

Ich hätte nicht abschwören dürfen um Madame Aignan einen Gefallen zu tun. Madame Aignan ist es nicht wert, daß man ihretwegen abschwört. Niemand übrigens. Ich hätte es nicht sollen das ist alles. Ich habe einen Fehler begangen. Jedoch, welchen Gott um Verzeihung und Gnade bitten? Die Christen haben Glück, die haben wen. Wir haben uns allein durchzufretten. Ich werd mir das nicht verzeihen. Das stimmt ja nicht, seine Beweisführung. Ich habe mich hereinlegen lassen. Und nun, um wieder in Ordnung zu kommen, werd ich da nach Rom müssen, mich exkommunizieren lassen?
Sie sagen, die Liebe entschuldige alles. Ich bin dessen nicht so sicher. Na, los. Philippe – da schau her, er ist da? – öffnet mir zeremoniös den Wagenschlag. Ich glaub, ich hab eine Laufmasche. Nur Ruhe, ist ja nur mehr das Mittagessen durchzuhalten. Und dann, ins Leben. Chauffeur, zum Karmel.
– Jedenfalls haben wir einen schönen Tag, stellt Irène fest, als wir uns in einem Haufen zu den Aignans ergießen, wo das Mittagessen stattfindet, da die Braut ja keine Familie hat. Nicht eine Wolke, sagt sie. Das ist selten zu der Jahreszeit. Wir haben Glück, beschließt sie.
– Soll es nicht umgekehrt eher regnen bei einer Heirat, damit alles gut geht? sagt Bruno, den die Hochzeit seines älteren Bruders nicht zu christlicher Liebe zu stimmen scheint. Ich hab das sagen hören.

– Ich kann mir nicht denken, wo du das hast hören können, antwortet ihm seine Mutter. Das gibts nicht. Du mußt das erfunden haben.

– Ich habs gehört, sagt Bruno.

– Ich auch Mama, unterstützt ihn Stéphanie.

– Das sind Altweibergeschichten, sagt ihre Mutter mit einem wütenden Blick, für den die Cherubine wenig empfänglich scheinen.

– Vielleicht auf dem Land, sagt Irène, um die Dinge ins Lot zu bringen.

– Nein es war im Kino, sagt Stéphanie.

– Ich meine, erklärt sich Irène, es stimmt vielleicht auf dem Land, wo das Klima eine große Rolle spielt. Für die Landwirtschaft. Hier aber ...

– Sind Sie nicht zu müde, Céline, fragt Madame Aignan, versucht die Sache aus der Welt zu schaffen.

Ich bin erschlagen. Erschossen. Am Ende. Was so besonders Vieles hab ich denn getan, nichts im Grund. Geheiratet. Wo ist Philippe? Er spricht mit seinem Vater. Will man einander nicht mehr kennen, genügt es sich miteinander zu verheiraten. Wenn ich dran denke daß wir einstmals zusammen ins Bett gingen! Wenn ich ihn daherkommen sah, in jener Zeit, hüpfte mein Herz vor Freude. Was tu ich denn hier? Ich kenne keinen Menschen außer Camille, an die ich mich anhänge wie eine Auster.

– Du siehst ganz verloren aus, du Arme.

– Ich bins. Ich kenne keinen Menschen hier. Wenn wir wo anders hingingen?

– Wie das zu dir paßt, verheiratet zu sein! Wie hast du es denn angestellt?

– Ich weiß selbst nicht mehr recht. Da war eine gräßliche Geschichte, mit Austern. Nachher hab ich geschlafen. Mir scheint, es handelt sich um einen Elektroschock. Heut früh bin ich aufgewacht, in tiefer Trauer. Zu spät, die Messe war bezahlt.
Aufgewacht ist ein bißchen viel behauptet. Kommen Sie, machen Sie es sich ein bißchen bequem, sagt Madame Aignan, der es zu dumm wird, mich herumstehen zu sehen wie einen Topf. Ich ziehe meine Jacke aus und erscheine in einer Bluse, romantische Fasson mit Biesen; sehe ungefähr aus wie Harpo Marx in der Rolle Sissis. Was um alles in der Welt ist mir eingefallen, auch das noch einzukaufen? Was bildete ich mir ein? Die Kutte werde den Mönch machen? Im Grunde ist es eine Tragödie des guten Willens: ich habe wirklich versucht, mich wie eine Braut anzuziehen, und habe halt keine Begabung. Ich habe meine Jacke wieder angezogen; drunter wars noch mieser; oder dann schon als Nackedei. Ich habe den Blick von Madame Aignan erhascht, der in Höhe meines Bauches hängen blieb. Natürlich. Sie dachte an die fünf Monate zu zählen; sowas wie mich konnte man nur aus diesem Grund heiraten. Aber nein, liebe Gnädige Frau, ich bin flach wie ein Schulheft, ich pflege Hygiene und Prinzipien. Dann kann es also nur aus Mitleid sein entgegnet sie (ich bin Telepathin in einfach gelagerten Fällen), armes krankes Mädchen in der Klinik, Schlafkur, angeblich nervöse Depression muß ein Selbstmordversuch gewesen sein, dazu bestimmt, meinen armen Jungen wieder ranzukriegen, der bereit war, sie zu verlassen für

eins jener unzähligen jungen Mädchen, die nur darauf warteten – und die nebenbeigesagt, liebe Gnädige Frau, auf den Partys in unserem Viertel sich ungetrübten Sinnes durch die Beatniks vom Dienst bespringen lassen, ich bin wohl sogar, wie's die Badezimmerzufälle ergeben, der einen oder anderen begegnet, und fern von mir der Gedanke, ihnen was vorzuwerfen – kurz und gut mein armer Junge hat einfach einer Erpressung nachgegeben denkt die Mutter. Ich lächle ihr zu. Liebe Gnädige Frau, Ihr Sohn heiratet mich aus Liebe, es ist traurig aber wahr.

Ohne den Hut, das ist denn doch ein Fortschritt. Ich kämme mich mit den Fingern, wie gewohnt. Ich erkenne mich beinahe. Ich ersäufe meinen Whisky in einem halben Liter Wasser. Ich habe Durst. Wen fragen, wo die Toilette ist? Ich frage Stéphanie; in ihrem Alter versteht man das Leben noch. Sie geht mir voraus durch einen endlosen Korridor.

– Ist es noch weit? ich kann kaum mehr gehen. Ich denk nur mehr an das seit dem Rathaus.

– Sogar beim Ja-Sagen?

– Gerade da hat's mich gepackt.

Sie wendet mir ein überraschtes Gesicht zu: sollte bei mir der Schein trügen? Ihre Augen befragen mich; schöne kecke Augen, denen ich zu antworten suche. Endlich erreichen wir den Ort. Als ich herauskomme, wartet sie auf mich: für den Fall, daß Sie sich verirren; geht's jetzt besser? Ja, jetzt werde ich trinken können. Um zu vergessen? sagt sie. Ich weiß nicht, ich weiß nicht einmal, was ich zu vergessen habe. Sie lacht. Was trieben Sie vorher? Sind ja neugierig, diese Rangen. Vor was? Vor der Heirat mit Philippe. Striptease. Oh, sagt Stéphanie voller Bewunderung, ich versteh warum Mama ihr saures Gesicht zieht. Sie weiß es nicht, sage ich, man hat es ihr nicht gesagt. Ich versteh, sagt Stéphanie, das war auch besser, ich werd's ihr nicht sagen verlassen Sie sich auf mich. Oh, jetzt ist es nicht mehr wichtig sag ich, ich denke ich werd es nicht weiter treiben, Philippe will es nicht, er sagt er verdient genug für zwei. Verdient man da gut, beim Striptease? Ach, man lebt. Ist ja komisch, daß Sie Philippe heiraten, sagt sie. Ja, nicht wahr, das mein ich auch.

Als wir den Salon betreten, erschallen düstere Klänge: Tam, tam, tatam, tam, tatam, tatam . . .

– Bruno, ruft die Mutter, was soll denn das sein!

– Was, sagt er, der Hochzeitsmarsch. Scheiße nein, ich hab die falsche Seite aufgelegt, es ist der Trauermarsch. Entschuldigen Sie bitte, sagt er nebenbei zu mir. Er merkt, daß es mir Spaß macht und hält inne, Platte hochgehoben.

– Das macht nichts sag ich ist ja auch schön, ich mag Musik sehr gern. Gibt es etwas, was Sie gerne hören möchten? sagt er. Vielleicht die Eroica? sag ich. Oder . . . Brassens . . . Ach, hättet ihr etwas mit Cool Jazz da?

– Schon? sagt Bruno.

– Vielleicht etwas später? . . .

Ich sitze auf der Erde, Stéphanie auch; wir wühlen in den Platten; man ödet sich schon weniger. Stéphanie will ein Chanson von Ferré, du weißt, der Kerl der sich das Zimmermädchen holt und Löwenzahn frißt? Sie werden Gesichter schneiden, das wird lustig.

– Madame est servie.

– Das bin wohl ich, Madame?

– Scheiße, sagt Bruno, es begann ganz nett zu werden.

Man ißt schlecht bei den Bourgeois ich hab es oftmals festgestellt. Und man trägt die Schüsseln nicht oft genug auf. Was wollen sie nachher damit anfangen fragt man sich. Sogar bei einer Hochzeit. Sie haben alles im Restaurant fertig machen lassen es ist rassig aber zäh geworden. Na so ist das Leben, wie Philippe sagt. Die beiden Rangen drüben am anderen Tischende machen mir manchmal Zeichen des Einverständnisses; Gottseidank, denn die anderen. Die Verwandtschaft und Philippe haben bis zur Erschöpfung das Thema der Hochzeitsreise abgehandelt, Philippe weiß genau alle Orte wo wir durchkommen und was wir dort sehen, es wäre eigentlich kaum mehr der Mühe wert hinzufahren. Ich habe daran nicht teil genommen, ich bin nicht fest genug in Geographie, es war meine schwache Seite, meine stärkste war Mathematik aber die nützt einem nicht für die Konversation. Die Alten haben, der Ideenassoziation folgend, ihre entsprechenden Erinnerungen ausgekramt, das Venedig des Nordens die Tulpen und Fjorde; jetzt fährt man mehr nach dem Süden; da ist es wärmer, sagt Irène, und Philippe ergänzt, daß da das Meer ist, im Norden auch sagt Madame Aignan, ja aber nicht das selbe, im Süden ist es das Mittelmeer deutet Irène an, das Mittelmeer ist jetzt große Mode selbst zu dieser Jahreszeit, vor allem ist da nicht die entsetzliche Fülle wie im Juli, und die Preise auch, die Preise, das muß man ausnutzen, da ist auch das Gebirge sagt Madame Aignan, ich mag das Gebirge es ist gesund, da ist Luft, es ist auch sehr große Mode besonders im Frühling, ohne diese ganze Masse Leute wie im Winter, aber für eine Hochzeitsreise meint Madame Aignan ist das Gebirge vielleicht nicht ganz angezeigt, Warum, fragt Irène, Warum? Man bricht sich die Vorder- und Hinterpfoten unterbricht Bruno und dann wird es unbequem, Ich wäre gern nach Spanien gegangen schneidet Philippe die Unterhaltung ab, unzufrieden mit der Einmischung seines kleinen Bruders, aber Céline liebt Spanien nicht, alle protestieren laut, was Sie lieben Spanien nicht, wie kann man nur Spanien nicht lieben! Kennen Sie es? werde ich gefragt, wissen Sie man muß es genau kennen, es gibt da kleine Winkel wo die Touristen nicht hinkommen dahin muß man vorstoßen, waren Sie dort? Nein. Es ist das erste Mal daß ich überhaupt den Mund aufmache. Ja aber dann wenn Sie nicht dort waren? Philippe lächelt nachsichtig, nimmt mich bei der Hand: sie mag's halt nicht. Ich mag den Flamenco nicht, sag ich, Was Sie lieben den Flamenco nicht der ist so schön! verkündet Irène, und die anderen im Chor, alle lieben sie den Flamenco sie haben das im Blut die Franzosen das weiß man ja, man braucht nur zu sehen wie sie in die Hände klatschen zur Gitarre oder zu Barrio Chino von Paris mit wild zigeunerischer Flamme und im falschen Takt, und dann ist Spanien so billig, sagt Madame Aignan. Außerdem mag ich die Corridas nicht, sag ich. Aber wenn Sie nie welche gesehen haben sagt Irène, warten Sie doch ab daß Sie eine sehen, wie wollen Sie es sonst wissen? Ich dachte auch ich würde es nicht mögen es ist so grausam und dann habe ich eine gesehen, und ich war besessen. Von wem? sagt Bruno, Bruno! sagt der Vater aber im Ton eines zarten Vorwurfs mit Rücksicht auf die Feierlichkeit des Tages die nicht getrübt werden darf, Irène lacht um zu zeigen daß sie nicht böse ist und fährt fort mit der Beschreibung Wie sie besessen war von der Corrida (aha-aha) und daß sie ihre Handschuhe hinuntergeworfen hat und einer davon ist auf dem Horn des Stieres gelandet das arme Tier sah ganz lächerlich aus. Allenfalls vielleicht wenn man mir garantierte daß der Torero zu Tode gebracht würde, sage ich mit Festigkeit, aber sie ist ja sadistisch dieses Kind! ruft Irène voller Rührung aus. Sie sind großartig. Aber Sie kennen die Regeln nicht, sagt Monsieur Aignan, der sie mir nun erklärt denn er, er kennt sie von Anfang bis zu Ende es fehlt nur daß er in der Arena gestanden hätte um sie praktisch auszuprobieren. Und dann ist Spanien wirklich nicht teuer sagt Madame Aignan die vergessen hat daß sie es schon verkündet hat, Jugoslawien auch nicht sagt Philippe, und jetzt sind sie mitten drin in den Devisen, in den Lebenshaltungskosten in jedem Winkel der Erde, berechnet wohlgemerkt das versteht sich von selbst nach dem Verhältnis zwischen dem Lohn des eingeborenen Arbeiters und dem Kilopreis für dunkles Brot, und jetzt wird der Centavo auseinanderseziert auf solche Weise daß sie mit gelehrten Kunststücken über den Wechselkurs in einer Woche sich ohne weiteres einen Bonus von zehn Groschen sichern würden, da aber verliere ich sie einen Augenblick außer Sicht um mir ein Fleischklößchen zu nehmen und finde sie wieder beim Wirtschaftswunder im Land, Brücke von Tancarville Autobahn zum Süden Pierrelatte. Als mir's dann doch zu dumm wird den Blödsinn mit anzuhören erkläre ich: bis das alles zusammenkracht weil's doch hohl ist im Innern ihr ganzes System, in der ausländischen Presse, wißt ihr da wie man die Situation hier nennt? Inflation. Lesen Sie keine ausländischen Zeitungen? Schweigen, und der Vater, nunmehr auch der meinige, betrachtet mich eine Sekunde lang träumerisch sagt sich wohl, daß er mich nicht gut schon am Hochzeitstag ans Nähkästchen zurückschicken kann und sagt, indem er mir ein väterliches Lächeln zudenkt: Aber wir langweilen dieses Kind mit widerwärtigen Themen, sie hat ganz recht es uns merken zu lassen, ich hoffe es wird warm genug sein daß ihr dort baden gehen könnt? Sie nimmt ihre Taucherbrille mit, schaltet sich Philippe eiligst und gerührt ein. Nein? verwundert sich der Vater, Sie sind Unterwasserjägerin? O nein! sag ich. Ich sehe mich bloß um. Niemals würde ich einen Fisch töten ich hasse ohnehin die Jagd als Zeitvertreib es ist lächerlich und unnötig kostspielig, und das Ganze ein Bluff. Wieso Bluff! protestiert er, diesmal aber gar nicht mehr einverstanden und vergißt die Feierlichkeit des Tages denn er geht jeden Herbst auf die Jagd was ich sehr wohl weiß aber ich wollte einige Bewegung in die Sache bringen sonst rutscht mir die Nase ins Weinglas. Ich gebe noch ein bißchen Sporen: arme Fasanen denen man das ganze Jahr lang Futter sozusagen aus der Hand gibt und die wie die Hennen daherlaufen wenn man sie ruft und dann eines schönen Tages kommt eine Bande bis an die Zähne bewaffneter Leute daher und schießt ohne Warnung in den Haufen, sowas nennen Sie Sport? Céline, zischelt Philippe durch die Zähne aber jetzt da es mir gelungen ist in Fahrt zu kommen werde ich mich nicht so leicht wieder bremsen lassen, ich bin nicht gewohnt soviel zu ertragen, im allgemeinen haue ich in solchen Fällen ab aber hier kann ich ja nicht irgendwas muß ich tun. Waren Sie schon dabei? fragt Irène wieder, heimtückisch diesmal, denn sie beginnt zu durchschauen daß ich nirgends dabei war (nirgends wo man sollte). Ich nie im Leben! sage ich voller Verachtung. Dann können Sie es auch nicht wissen, sagt Irène. Sie spricht mit ihrem Herzen, sagt Monsieur Aignan der sich gefaßt hat, ich aber: zur Not verstehe ich daß man Wildschweine mit dem Sauspieß jagt. Jetzt verstehe ich gar nichts mehr, sagt der Vater, wenn Sie eine empfindsame Seele haben, der Sauspieß ... Ich sag's euch, sie ist sadistisch, sagt Irène schelmisch. Philippe ist am Boden zerstört: ich tapse von einem Fettnäpfchen ins andere, er weiß nicht wie er mich zum Halten bringen soll, ich werde blaue Flecke kriegen an der Stelle wo er mich seit ein paar Augenblicken mit den Knien bearbeitet. Sie können von meinem Vater nicht verlangen daß er Wildschweine jagen geht, sagt Bruno, davon käme er nicht zurück; die Fasanen, das geht gerade noch, letztes Mal hat es einen Toten gegeben. Das war ein Jäger, der den umgebracht hat, sagt Stéphanie, kein Fasan. Trotzdem, sagt Bruno, mir wäre wohler dabei wenn er auf Schwipse ginge. Also bitte, sagt die Mutter. Sie wissen nicht wie gefährlich ein Eber sein kann sagt mir der Kinder nicht achtend der September-Nimrod: wenn er nämlich angreift. Ja eben das macht ja den Reiz, sonst ist doch kein Sport dabei. Ich sag's euch, fängt Irène wieder an, nach dem Tod des Toreros der Tod des Jägers. Sie ist eine Sadistin. Da ist das Dessert, sagt Madame Aignan, als ob man es nicht sehen könnte es ist ein wahrer Kunstbau, aber der Trick gelingt, jedermann schert sich nur mehr um den Kuchen, an Ihnen ist es anzuschneiden, Céline. Genug Champagner zischt mir Philippe zu, wie die Flasche zu mir kommt, du bist schon überreizt genug. Auf euer Glück, sagt der Vater, entschlossen, daß der Tag, wie immer die Dinge stehen mögen, in Freuden abrolle, auf euer beider Glück, Madame Aignan wischt sich den Umständen gemäß eine Träne aus dem Auge, auf daß es länger dauere als das meine sagt die Cousine Aimée und vergießt deren mehrere, ihr Mann ist kürzlich an Krebs gestorben, einem Darmkarzinom, wie sie es ohne Einzelheiten zu verhehlen eben noch zum Hors d'œuvre beschrieben hatte, wir erheben unsere Gläser, und da gelangt aus dem nebenan gelegenen Salon

bis zu uns eine Melodie, die ich gut kenne, und es erschallt der allbeliebte Text: »Glückliche Liebe gibt es nicht.« Mit unschuldigster Miene nimmt Bruno wieder seinen Platz an der Tafel ein. Dieser Junge hat einen feinen Sinn fürs jeweils Passende, eines schönen Tages werde ich es ihm sagen.
Der Test für ein gutes Lied ist, daß, sobald es anhebt, alle schweigen, sogar die Hohlköpfe. In ehrfürchtiger Stille lauschen wir.
Unversehens steigen mir Tränen in die Augen. Das ist eine Sache, die mir ein bißchen oft passiert in letzter Zeit. Ich frage mich, woher sie mir kommen.

Wir fahren! schreit mir Philippe ins Ohr, schlief ich denn? Übrigens schreit er gar nicht, in Wirklichkeit flüstert er; ich liege auf einem Divan. In der Klinik vielleicht. Nein es ist ein Zimmer, ist Empire mit Glaslüster. Im übrigen scheußlich; grünlich; zum Erbrechen. Kopf noch nicht ganz in Ordnung, kaum heraus aus der nervösen Depression; sag war's nicht eher ein Selbstmordversuch, sprechen Stimmen, von denen mir eine bekannt ist, still sagt Philippe sie ist wach, es war Madame Aignan, die so sprach da zeigt sie sich auch schon, geht's besser? Ja ja sagt Philippe ungeduldigen Tons, wir kommen gleich auf Wiedersehen sagen, wir kommen gleich nach, laß uns jetzt, Ich hatte dir doch gesagt nicht so viel zu trinken sagt er zu mir sobald wir allein sind, du weißt genau daß

du es nicht mehr verträgst! Und ausgerechnet heute! Ich hätte so gewollt, daß du dich anständig aufführst. Wenigstens den einen Tag über! Aber das hieß dich wohl überfordern. Wütend durchmißt er den Raum.
Gut, ich seh was los ist. Banal. Die Frage ist, was habe ich wohl treiben können unterdessen. Ich kenne mich. Man hat mir schon erzählt, es fällt mir allerhand ein in solchen Situationen. Diesmal aber ist es wohl besser, ich stelle erst keine Fragen. Nach seiner Miene zu schließen habe ich ganz nette Arbeit geleistet.
– Bist du fähig, dich aufrecht zu halten? Ohne zu schwanken? Zeig mal? Ich visiere die Streifen des Parketts an. Meiner Ansicht nach geht es ausgezeichnet, ich folge ihnen haargenau.
So vollführe ich denn auch in allen Ehren die Durchquerung des Salons, der immerhin groß ist; es wäre nicht nötig, daß Philippe mich mit solcher Kraft beim Arm packt, er scheint ein bißchen Wind in den Segeln mit einer Kinderlähmung zu verwechseln; er tut mir weh. Der weite Raum ist ein bißchen leerer als eben noch, da war er voll, während des Cocktails. Es hat einen Cocktail gegeben. Himmel, habe ich einen ganzen Cocktail mitgemacht ohne es zu bemerken? Es ist ärgerlich, dermaßen zerstreut zu sein. Mich sehen, und Stéphanies Gesicht strahlt auf: könnt ich nur darauf lesen! sie jedenfalls scheint gute Erinnerungen zu haben, an den Cocktail. Wie schade daß Sie weg müssen sagt mir Bruno, seine Miene ist ein einziges Einverständnis, doch Einverständnis womit? Ich komm ja wieder, sag ich ins Blaue. Ich hoffe es sehr

antwortet er, was mich betrifft bleibt Ihnen das Haus offen. O weh, das muß ernst gewesen sein. Immerhin küßt mich Monsieur Aignan, Vater, wennschon flüchtigst; ich hoffe, daß diese schöne Reise Sie wieder ganz in Ordnung bringt, sagt er mir, Hauptsache Sie ruhen sich gut aus. Er hat ein Pflaster auf der Backe, das vorher nicht da war, woher es kommen mag? Du mußt ihr verzeihen Papa, sagt Philippe, du weißt sie ist noch nicht sehr sie ist noch ein wenig ... Aber klar verzeih ich ihr sagt der Vater natürlich verzeih ich ihr (was nur, guter Gott?), an einem solchen Tag verzeiht man alles, Ich versteh ganz und gar mein Junge, ist schon vergessen, los, amüsiert euch gut meine Kinder und kommt mir in Hochform zurück!
Letzte Hürde vor der Geraden: Madame Aignan; sie reißt sich von der Witwe des Krebskranken los, die sich an sie zu klammern scheint, um ihren Sohn zu umarmen; sie schluchzt auf; na komm Mama sagt Philippe, komm, ich fahr ja nicht in den Krieg. Sie scheint dessen nicht so sicher. Es ist nicht eine Hürde, es ist der Wassergraben, ihre Wange ist naß, glücklicherweise bleibt sie nicht lange an der meinen, irgendwie fehlt es an Begeisterung möchte man meinen. Fertig. Nein, der Witwe des Karzinoms werde ich nicht entgehen, sie scheint diesen Augenblick abgewartet zu haben um endlich ihr Herz überfließen zu lassen, daß sie diesen Tag nicht hatte verdüstern wollen aber daß sie sich halt doch nicht enthalten kann zu sagen wie hart es für sie ist, die es nun eben verloren hat, ein Junges Glück seinen Abflug ins Leben nehmen zu sehen, sie wünscht es uns lang, lang,

lang, lang, noch vor der Ewigkeit entriß Madame Aignan sie uns und beschlagnahmte Philippe für weiß der Himmel welche letzten Ratschläge. Ich hielt mich sehr wohl aufrecht ohne ihn. Jemand reichte mir ein Taschentuch um von meinem bräutlichen Antlitz die Tränen der Witwe zu wischen, es war nicht Veronika, es war Camille, offensichtlich ausgezeichneter Laune, Wie du bist noch da das letzte Mal als ich nach dir sah schienst du dich nicht wenig zu langweilen, Ich hab einen Grund gefunden zu bleiben sagte sie und ihr Blick wies mich auf Bruno, der mit einem recht zufriedenen Lächeln antwortete. Ach. Bei der gehts schnell, bei Camille. Bei mir wars auch so, einstmals. Na, gratuliere. Ich dir auch sagt sie, du warst einfach großartig. Ich? Wieso? Was hab ich denn getan? Es mit jemandem getrieben? Mit wem? Nein, übrigens mit wem schon, außer deinem Mann, da ja Bruno in meinen Händen war, nein, aber du warst trotzdem großartig. Besonders die Rede über den Karmel. Herrgottnochmal! Auch die Jagd auf die Jäger war ein Erfolg, was haben wir gelacht, ich meine wir drei. Die anderen weniger. Was den Striptease betrifft ...

– Kommst du nun? sagt Philippe.

– Adieu, sagt Camille, und mein Glückwunsch auch zum Trauerkostüm, da gehörte allerhand Mut dazu.

– Nicht wahr? Das hab ich mir auch gesagt, als ich mich heut früh so ansah ...

– Also kommst du? sagt Philippe.

Niemals ist der Gedanke an Liebesspiele meinem Sinn so fern gewesen aber auch niemals.
Ich möchte schlafen. Mich ausruhen. Ein derartiger Tag. Ich bin tot. Erledigt. Ist ja immerhin ein Choc sich verheiraten oder? Das verdaut sich schließlich nicht wie ein Blatt Salat. Ich für meine Person beginne ein anderes Leben. Das ermüdet. Ich bin erschöpft, ich möchte schlafen. Und dann dieser Sekt, auf den Wein hin; diese Weine; ihre Manie, alles zu mischen; das bringt einen um.
Früher wenn man aufeinander traf in einem Bett, Philippe und ich, da war es um der Liebe willen. Für sonst hatten wir ja unsere Zimmer. Jetzt und von nun an ist da auch zum Schlafen nur ein einziges Bett da. Er liegt schon drin. Ich komme nach. Ich möchte schlafen. Oder eben nicht schlafen. Nachdenken. Nachsinnen. Mich beruhigen. Ich weiß es nicht. Ich möchte Zeit haben. Mich erholen. Mich dran gewöhnen. Oder vielleicht plaudern? Ich weiß es nicht. Aber da ist er schon über mir.
Gut, wenn er das alles nicht begriffen hat, ich werde nicht anfangen, es ihm auseinanderzusetzen. Zu langwierig. Zu kompliziert. Schwamm drüber, ist ja keine Angelegenheit, ein Mann, der seit sechs Monaten mein Geliebter ist. Seien wir einfach. Lassen wirs an uns abgleiten.
Das ist bald gesagt. Jedoch. Noch bedarf es da. Und bereits er: Was ist los?
Ich: Nichts ... vielleicht bin ich ein bißchen müde...
Und er: Schon?

Das also wärs. Ende. Fertig. Tod. Der Abgrund. Ist man erst so weit, dann ist nichts mehr zu machen. Es war zu spät. Er mußte von selber verstehen. Im Leben gibt es, um einander zu verstehen, nur ein Mittel: einander verstehen. Klappt das nicht, wird alles überflüssig, Erläuterungen Klarstellungen und alles. Was man tun kann, ist höchstens sich bemühen drüber wegzukommen. Was ich versucht habe. Aber man hat nicht alles unter Kontrolle, der Körper kennt keine Taktik, für ihn sind die Dinge, was sie sind: es wurde kein sehr freudiger Empfang. Dafür kann man nichts. Tatsächlich frag ich mich wie es die Huren anstellen. Sie müssen irgendeinen Trick haben. Anders ist es gar nicht möglich. Ich jedenfalls, wenn ich nicht dafür bin, dann wirds ein Gemetzel.
Er hat sich ans andere Ende des Betts verzogen; mit dem Rücken zu mir. Gehüllt in seine Würde als beleidigter Gatte. Gatte: das ist alles, was er sehen kann. Konntest du nicht verstehen? Konntest du nicht verstehen? Konntest du nicht verstehen! Konntest nicht sehen? Zumindest sehen? Und es war doch klar genug. Ein solcher Tag und dann soll man noch frisch sein wie ein Vögelchen? Hältst du am Ende deine Familie für einen Liebeszauber? Mit einer Spur von Vernunft hättest du mir acht Tage gelassen um sie zu verdauen! Und daraufhin noch die Spazierfahrt im Wagen, zweihundert Kilometer bei Nacht und hundertvierzig Tempo, und in tiefem Schweigen, Monsieur würdevoll am Steuer ohne ein Wort, auf solche Weise seinem Ekel Ausdruck gebend vor der Säuferin, die er mit einer Brutalität an ihren Platz be-

fördert hat die ihm von jeder minder Feigen ein paar Ohrfeigen eingetragen hätte, auch das ist durchaus geeignet einem Jubel in den Leib zu jagen da gibts nichts zu sagen. Wofür hält er einen denn? Woraus gemacht? Aus Fleisch? Und danach im Bett nicht eine Geste, nicht ein Wörtchen leichthin gesagt um alles wegzuwischen, Das war ja ein arger Tag oder Endlich ists überstanden, irgendwas ein wenig Menschliches, nein? Niemals wärest du mir einst nah gekommen ohne irgendwelche vorbereitende Nettigkeiten, niemals, einst ...

Ja aber einstmals ist einstmals. Heute bist du mein Gemahl. Jetzt gehts nicht mehr um Gunsterweise, jetzt gehts um Rechte. Trottel. Und man lauerte mir auf an der richtigen Kurve, jaja. Man würde ja sehen, was sie tun würde, jetzt, da man verheiratet war. Da er mich geheiratet hat. Jaja. Man lauerte an der Kurve, die Schlußfolgerung war vorbereitet – »Schon?« – das flog los wie ein Pfeil, sekundenschnell: es lag von vornherein bereit. Und zielte tief. Oh der gräßliche Mensch! Jetzt am andern Ende des Bettes, ganz weit weg. Soll er dort bleiben.

Jedoch mein Herz. Noch so ein Ding das nicht unter Kontrolle steht sieh mal an, ach, verfluchtes Gerippe, mein Herz schlägt in allen meinen Knochen, da schon geht das ganze Netzwerk auseinander, die gottverdammte Kugel steigt in mir hoch, komplettes klinisches Tableau, die Leere in der Brust, in einem Augenblick fang ich zu röcheln an. Ich bin am Sterben. Es ist nicht auszuhalten. Es ist nicht möglich. Ich muß hier raus, oder ich sterbe. Könnte mir jemand

Riechsalz bringen. Nein, es ist ernst, ich sterbe wirklich, was. Ich liebe ihn! Philippe!
Und was tut man jetzt? Ich gehe weg, da ist nichts anderes zu tun. Er ist unmöglich, was. Also auf. Steh auf. Hörst du Gerippe. Aber sie kann nicht. Sie leidet die Arme. Es tut ihr weh. Njanjanja. Nun ist es soweit sie heult. Noch einen Augenblick und sie ruft Papa Mama. Es geschieht: sie spricht; sie sagt: Philippe, ich bitte dich . . .
– Ich bin müde.
Sieh mal an jedenfalls schläft er nicht. Er wirft den Ball zurück. Dumm, aber er wirft, noch ist nicht alles verloren.
– Na und nicht ohne Anlaß sollte man meinen. Ich jedenfalls hätte verstanden, daß du müde wärest.
– Hast du Zeit gehabt, dir gute Gründe zusammenzustellen?
Ermüdend. Die Hälfte von mir zumindest möchte lieber hundert Meilen weit sein als im Kampf mit einem solchen Haufen Torheit liegen. Aber die andere Hälfte will nicht weg von hier. Um nichts in der Welt. Meine Hälfte Nummer zwei wäre eher bereit, meine Hälfte Nummer eins zu töten; das ist es übrigens, was sie tut. Sie wiederholt Philippe ich bitte dich, anscheinend ist das alles, was sie zu sagen weiß. Übrigens klappt es. Er hat sich gerührt. Wenn ich eine Spur bösartig wäre, so wäre jetzt der Augenblick, ihm meinerseits den Rücken zuzukehren, wenn ich nur ein bißchen Hure wäre. Aber ich bin nicht bösartig, ich bin nicht Hure, ich liebe. Oh Scheiße. Auch Gerippe rührt sich.

– Du bist auf ein Mal nicht mehr müde?
– Nein.
Machen wirs kurz. In Wirklichkeit bin ich zutode erschöpft, und überdies angewidert, aber möge die Wahrheit sich anderswohin verziehen hier ist ihr Platz nicht. Das Übrige bleibe der Natur überlassen, die es nicht so genau nimmt. Welch eine Arbeit. Lieber Gott mache daß während der Zeit mein verdammter Leib sich ein wenig damit vertraut gemacht habe, auf daß der Vielgeliebte nicht in ein Reibeisen gerate. Ich weiß nicht aber er muß sich entschlossen haben, es dieses Mal nicht auf Einzelheiten ankommen zu lassen. Auch er hatte diesmal Angst. Wer von uns beiden hat mehr Angst gehabt? Ach, es ist was Schönes um die Liebe. Für die Folge bleibt mir nichts übrig als Vertrauen zu haben, er hat zum Glück die rechte Art; auf die Weise sogar hat er mich ja drangekriegt. Sie sind selten: unsereiner ist überrascht. Es gibt welche, die mich verstehen werden. Am Tage nach dieser »Überraschung«, Liebe aufs erste Mal sozusagen, ging ich zu Thomas und sagte zu ihm: was willst du da machen, er hat die rechte Art. Es war, um mich zu entschuldigen. Man verfällt nicht in irre Liebe zu einem Anderen mitten in den Lauf einer reizenden Liaison hinein, ohne Erklärungen zu liefern. Um jene Zeit war ich ahnungslos, ich dachte nicht, daß eben jener Lauf dieserhalb auf immer unterbrochen werden sollte; ich stellte mir vor, Thomas, ein guter Freund, einer von denen, die man sich bewahrt, würde ein wenig auf der Hut sein während der ersten Exzesse einer aufkommenden

Leidenschaft, und dann eines Tages, ein bißchen früher ein bißchen später, würde alles wieder zu dem zurückkehren, was ich Ordnung nannte, und was Philippe Unordnung nennt; und das Leben geht weiter. »Und warst du glücklich, auf diese Weise?« Nun, unglücklich war ich nicht. Die Frage stellte sich erst gar nicht. Man lebte; die Dinge kamen, wie sie kamen; man nahm sie; man glitt vorüber; oder aber sie glitten. In jener Zeit war alles natürlich. Man liebte die ganze Zeit, und bedarf es da tatsächlich der Ergänzung in einer Person? Ich muß Städte geliebt haben, durch Leute hindurch. »Und kannst du mir sagen, was dir davon bleibt?« Nun mir bleiben die Städte; Musik Weine Gerüche Farben Klänge Lichter; es bleibt uns davon das Leben selber. Was man ist. Und etwas hinzu, was man zuvor nicht hatte, und von dem man nur eine Ahnung erhält, wenn man sich im dazu günstigen Alter genugsam hat über den Haufen werfen lassen. Etwas, was die Liebe selbst betrifft, und sie einigermaßen erweitert. Ich weiß nichts Genaueres darüber ich habe keine Zeit gehabt, meine Studien zu Ende zu führen. Thomas' Opferung wurde gefordert, und zwar total, ich durfte ihn nicht einmal mehr wieder treffen. Die anderen kosteten mich nichts sie waren nur zeitweilig. »Entweder bin's ich, oder er ist es.« Sofort das Ultimatum. Die Gewalt. Die Überstürzung. Welche Sitten. So sind sie, die Westler. Sie können die Dinge nicht ablaufen lassen, mit jenem Respekt, der ihnen geschuldet ist. Man hätte ja gesehen, nein? Nein. Sie befehlen den Dingen, so zu sein, wie es ihnen paßt, daß sie seien. Manchesmal gelingt es. Scheinbar. Auf solche Weise haben sie, unter anderem, die Welt erobert. Ja aber, um welchen Preis? man braucht ja nur hinzusehen. Thomas wurde geopfert, was konnte ich tun? Ich war in der Zwickmühle. Und so bringt man uns um unsere Unschuld. Was mich bekümmert sagte er, ist nicht nur dich zu verlieren, sondern daß es auf so dumme Weise sei. Ich versteh dich ja – aber: was ist Liebe? Die Leidenschaft, woher kommt sie? – und wohin kehrt sie zurück? Ich wußte es auch nicht. Thomas wurde geopfert doch um welchen Preis die Zukunft wird es uns sagen. Erst stoßen sie vor und dann werden sie der Folgen gewahr wenn die über sie herfallen. Woher kommt die Leidenschaft? und wohin kehrt sie zurück? Warum ist mein Körper hier, bewohnt von einem verwundeten Geist? dachte ich in Philippes Armen, selbst die rechte Art läßt noch Raum zum Denken und Liebe treiben erleuchtet mich geradezu, es klärt mir die Gedanken. Programmgemäß fuhren wir im Morgengrauen ab, hatten kaum ein Auge zugetan. Er hatte sie gehabt seine Hochzeitsnacht.

Wer niemals in seinem Leben Gardinen ausgesucht hat, hat keine Ahnung. Dagegen ist kein Kraut gewachsen. Man glaubt sich stark, aber die Gardinen sind noch stärker. Erst nimmt man sie nicht für voll, man tut ein wenig so als wär's ein anderer, dem man amüsiert zusähe, wie er Gardinen aussucht, ein anderer der, sagen wir, unser Diener wäre, nicht wirklich wir, wir selber können uns ja schließlich nicht über Gardinen erregen, wir stehen außerhalb der Sache. Und dann passierts. Man ist drin. Was ist vor sich gegangen? Man hat keine Zeit gehabt es festzustellen, so wie man keine Zeit hat, sich in Schlaf verfallen zu sehen. Man ist hineingerutscht in den Menschen, der die Gardinen aussucht, in den Diener, man ist eins geworden mit ihm, man hat die Existenz des anderen völlig vergessen, das heißt: die eigene. Man ist verschlungen. Höchst wichtig, die Auswahl von Gardinen. Die Farbe; das Material; die Fallqualität des Stoffes (man fängt schon an, diese Worte zu gebrauchen); wird man ihn doppelt nehmen oder nicht? Sehr wichtig. Alles ist sehr wichtig. Die schweren

Stoffe sind im allgemeinen zum Heulen häßlich; was werden sie noch alles erfinden, es ist ein Unternehmen zwecks Geschmacksverirrung. Die Möbelabteilung ist ganz einfach ein Schreckenskabinett. »Aber gnädige Frau wir verkaufen sehr viel davon«, das ist das Schlüsselargument. Ja, was in Dreiteufelsnamen soll mich angehen was die anderen mögen? Haben Sie nicht wenigstens für die, die normal geblieben sind, irgendwas Einfaches? Verstehen Sie, etwas Einfaches? Einen Stoff, verstehen Sie? »Aber gnädige Frau, das ist das was produziert wird«. Es ist das, was die Fabrikanten fabrizieren, das stimmt, ja, das sehe ich ja, aber was der Kunde will, kümmert man sich darum oder nicht? Wir verkaufen es viel gnädige Frau. Ja Himmelherrgott, was wollen sie denn daß die Leute kaufen sollen, wenn es nur das gibt! sie können ja nicht kaufen, was es nicht gibt! wie denken sie sich denn das. Es ist unerträglich. Es ist die reine Diktatur. Für Vorhänge gnädige Frau? Da gehen Sie doch eher in die Möbelabteilung. Da komme ich ja her, die haben nichts. Nichts? Sprachlos betrachtet die Verkäuferin den riesigen Umfang der so verurteilten Abteilung. Das da gnädige Frau ist kein Vorhangstoff das ist Futterstoff. Und was veranlaßt Sie zu entscheiden daß das Futterstoff ist? Wenn ich es an die Fenster hänge sind es dann keine Vorhänge? Mir mit Semantik kommen! Die Menschen sind irregeleitet. Sie wissen nicht mehr was eine Sache ist, sie wissen nur mehr was eine Bezeichnung ist. Ich habe trotz aller Mißbilligung Satin gekauft. Die Verkäuferin war erschüttert. So, und jetzt die Tagesdecke für das Bett, welche zu den Vorhängen passen soll oder nicht passen soll. Lesen Sie France-Femme und Sie werden wissen, wie man zu leben hat. Bitte ein Meter sechzig Breite. Das gibts nicht Gnädige Frau. Wieso gibts das nicht? Die Möbel sind doch groß im allgemeinen. Die Normalbreite für Möbelstoffe Gnädige Frau ist ein Meter dreißig. Aber das ist doch idiotisch! Es ist halt so. Und was soll man mit einem Meter dreißig auf einem Bett anfangen, sind die Betten nicht ein Meter vierzig breit? Ah ja dann wollen Sie bitte in der Bettenabteilung nachfragen Gnädige Frau, wenn's für ein Bett ist. Bettenabteilung für die Betten. Man findet es empörend, daß ich woanders suche, daß ich dem Gefängnis des Wortes zu entspringen trachte. Daß ich nach dem verlange was ich mir wünsche, und nicht das nehme was man mir vorschlägt. Wo komme ich denn her, um nicht zu wissen, daß es nicht das Angebot ist, das der Nachfrage folgt, sondern die Nachfrage, die dem Angebot zu folgen hat. Sie nämlich wissen es, daß das System umgekippt ist, oder vielmehr sie wissen es nicht, sie sind selbst mit umgekippt. Es ist nicht ihre Schuld, es ist das System, das sie bezahlt. Ein paar Groschen und immer auf den Beinen und extra Erlaubnis um aufs Klo zu gehen, aber der Kurs für die Ware Mensch ist niedrig. Heute abend wird sie ihrem Mann sagen: heut haben wir eine Verrückte gehabt; ich kreuze die großen Geschäftsstraßen auf und ab und suche nach Logik, sie hat zweifellos recht. Ich möchte Baumwolltüll, aber ohne Stickerei. Das wird nicht hergestellt Gnädige

Frau. Warum. Weil es eben so hergestellt wird Gnädige Frau. Und warum wird es so hergestellt? Sie wird nervös. Man verlangt es nicht Gnädige Frau. Ich aber, bin ich nicht gerade dabei es zu verlangen? Nein, so ist es eben nicht: man verlangt es nicht, mich, die es verlangt, gibt es folglich nicht. Man leugnet mich. Man kann nur abwarten, daß ich verschwinde. Wohlberechnete Mechanik, Schafe herzustellen. Ich werde meine Gardinen nicht kriegen, wenn ich so weitermache. Oder aber ich werde nachgeben müssen, sie werden mich kleinkriegen; sie sind stark. Sie haben beschlossen, daß ich dieses Jahr meine Töpfe in den Farbtönen Tango, Petrol und Taubenblau haben werde; ganz wie die anderen Damen auch. Nicht einzusehen, warum nicht. Denn schließlich wenn man die Leute in Ruhe ließe, wären diese Schwachköpfe imstande, ihre Töpfe ein für alle Mal zu kaufen und wohin käme man denn da; man muß schließlich ankämpfen gegen diese Kretins ohne Initiative, die, wenn man sie nicht aufrüttelte, noch in den Bäumen leben und Früchte pflücken würden. Ohne Unterlaß muß man ihnen was Neues erfinden, damit sie mit ihrer Pinke rausrücken, die sind ja so geizig. Die Täschchen, die Badeanzüge sind ebenfalls Tango dieses Jahr ich weiß nicht ob Sie es schon bemerkt haben, und wenn Sie die France-Femme nachsehen werden Sie sehen daß die Leute auf nichts anderes aus sind und wenn Sie da nicht mittun sehen Sie nach gar nichts aus. Es ist ein Befehl. Die auserwählten Farben drängen von allen Seiten auf mich ein, vergewaltigen meine Augen, bohren sich in mein

Hirn. Und schließlich und endlich sind sie gar nicht so übel; sehr ausgeklügelte Farbtöne, viele Stunden lang haben die Koordinations-Komitees daran verwendet Sie können sich denken nicht umsonst, diese Herren sind nicht von der Art die ihre Zeit an den Regenbogen verschwenden, und dann sind eben wie durch Zauberei die blaßblauen Töpfe wie ich sie haben wollte auf den Regalen nicht zu finden. Man produziert sie nicht mehr Gnädige Frau – werde ich mich in aussichtslosen Nachforschungen erschöpfen, mich zu einer Töpfearchäologin machen, aus purem Eigensinn? Na also, es wäre ja noch blöder, sich darauf zu versteifen, und dann was kann im Grunde mir die Farbe meiner Töpfe ausmachen, ich werde sie ohnehin nie sehen ich werde ein Mädchen haben. Ich komme nach Haus mit einem Satz Taubenblau, erschöpft, am Rande der Tränen, zerbröselt durch das System.

– Mir ist schleierhaft wie es dir gelingt eine Tragödie zu erleben nur einfach indem du durch einen großen Laden gehst, sagt Philippe. Das bringst nur du fertig. Es muß die Müdigkeit sein.

– Aber Stickerei ist doch reizend, sagt Madame Aignan. Besonders für ein Zimmer. Aber wenn Sie auf uni halten, haben Sie ja Nylontüll, der viel leichter zu waschen ist, und praktisch überhaupt nicht gebügelt zu werden braucht.

Madame Aignan, geborene Rabu (es heißt, das ist sehr etwas Besseres) spricht wie meine Verkäuferin;

sie haben die gleiche Syntax. Schließlich ist es logisch: beide sind sie im Handel, oben oder unten macht da nicht viel aus.

– Aber den Nylon machen sie eben nicht in weiß. Ich will weiß.

– Sie haben halt auch sehr bestimmte Vorstellungen.

– Was wollen Sie Madame, wenn man sich halt interessiert . . .

Philippe wirft mir einen stählernen Blick zu: wieder habe ich sie Madame genannt, nie werde ich das lernen. Mutter, daran reiße ich mir die Klappe wund; sie ist nicht meine Mutter; ich kann Worte nicht leiden die keinen Sinn haben. Sie jedoch sieht mich liebevoll an: sie macht sich dran diese Kleine, am Ende gibt sie sich doch Mühe, sie erwärmt sich für ihr kleines Interieur. Mein Interieur. Für den Augenblick, bis die Maler die Maurer die Schreiner die Klempner, diese Armee von Parasiten wie Madame Aignan sagt, fertig werden da drüben in der Rue de la Pompe, und das wird sobald nicht der Fall sein sagt Monsieur Aignan der französische Handwerker ist nicht nur der teuerste sondern auch der langsamste der Welt, und nicht der beste fügt Irène hinzu, man muß Spanier oder Griechen nehmen die sind fast umsonst zu haben, aber die Rechnungen sagt Philippe, ohne Rechnungen für die Steuer habe ich das Nachsehen, kurzum, unterdessen hausen wir bei den Aignans, im Zimmer Philippes, Empire und Lüster, üble Erinnerung die aber aufs höflichste vergessen zu sein scheint, außer von Bruno und Stéphanie die einmal über der Tür der Neuvermählten die Inschrift: Karmel anbrachten, die ich allsogleich an die Tür des gemeinsamen Klos befördert habe, von wo eine fromme Hand sie alsbald entfernt hat; wer sie unterdessen sah und wer nicht, bleibt Geheimnis, es sind wohlerzogene Leute. Wir Schlechterzogenen haben die Gewohnheit beibehalten unter uns zu sagen »Ich gehe zum Karmel«, wenn wir eben da hin gehen. Zum Glück sind immer noch Bruno und Stéphanie in der Gegend, denn wenn sie nicht da sind ...

– Aber gewiß verstehe ich Sie, Sie sind jung und leidenschaftlich, auch ich als ich heiratete hatte meine kleinen Phobien, nicht wahr Charles?

– Rmmm.

– Aber das sind doch nicht nur Launen! Ich will ja gerade keine komplizierten Sachen ich will einfache Dinge, und ich kann nicht verstehen warum man keine einfachen Dinge herstellt! Das bringt mich um.

– Mein Liebling, sagt Philippe lehrhaft, du mußt verstehen daß die Produktion gewissen Normen folgt ...

– Also haben auch wir zu folgen, um es denen recht zu machen!

– Da ist sie wieder, die Fahne der Revolte, sagt er, mit einem nachsichtigen Lächeln, das der Neutralisation dienen soll.

– Ich bin ein Revolutionär, ich will keine Stickerei.

– Haben Sie sich schon einmal gefragt, schaltet sich der Vater ein, wohin man käme wenn man auf jedermanns Wünsche Rücksicht nehmen wollte?

– Ja.

– Na sehen Sie.

– Ich sehe daß mich das völlig kalt läßt angesichts dessen wohin man schon gekommen ist. Wenn's schon Durcheinander sein soll.
– Sie ist eine Anarchistin, sagt Irène, die immer das Richtige trifft.
– Warum gehen Sie nicht lieber zu einem braven kleinen Tapezierer, sagt Madame Aignan. Der würde Sie beraten. Diese Leute sind es gewohnt. Es würde Ihnen eine Menge Ärger ersparen.
– Du redest halt ein bißchen irgendwas daher meine Liebe, sagt Philippe. Das sind Fragen über die man nur sprechen kann wenn man sich auskennt. Es ist komplizierter als du so denkst ...
– Was ist besser: daß der Wald daran hindert die Bäume zu sehen, oder daß die Bäume daran hindern den Wald zu sehen?
– Wie bitte? sagt die Familie Aignan.
– Ich kann verstehen, daß die Maschinen nicht elastisch sind, das ist keine Hexerei, sage ich. Und daß die Fabrikanten dazu da sind Geld zu verdienen und nicht Dienste zu leisten, Gott hat sie so geschaffen man kann nichts daran ändern. Für den Augenblick. Ich verstehe in welcher Welt ich lebe. Ich bin sogar imstande Nylon zu kaufen. Aber was mir Bauchweh macht, das ist daß die Leute nicht einmal mehr fähig sind einen einfachen Satz zu verstehen.
– Aber mein armes Kind, haben Sie noch nicht begriffen daß die Menschen dumm sind? sagt Madame Aignan. Nehmen Sie zum Beispiel mein Mädchen. Francesca. Sie versteht rein gar nichts. Ich kann ihr ganze Stunden lang erklären.

– Vielleicht versteht sie spanisch?
– Céline ist jung, sagt Irène. Sie hat noch Illusionen.
– Ich bin nicht sicher daß sie so dumm sind. Ich begnüge mich damit festzustellen daß sie es immer mehr werden. Und zwar wie: indem sie dauernd dumme Dinge tun, die man sie machen läßt.
– Sie sind eine Romantikerin, sagt Monsieur Aignan. Rousseau.
– Ich will gern so genannt werden aber das bedeutet noch nicht daß ich Unrecht habe.
– Wenn sie wollen können sie schon, sagt Madame Aignan. Sehen Sie mal der Mann von Odette, er war einfacher Arbeiter, jetzt ist er Gruppenchef oder irgendwas Ähnliches; er hat Lehrgänge mitgemacht. Eines Tages wird er Meister sein. Bei Simca.
– Das ist da wo man seinen Gewerkschaftsausweis zerreißt wenn man antritt?
– Was sollte er ihnen nützen? sagt Monsieur Aignan. Sie haben viel mehr Vorteile als sonstwo. Robert ist äußerst zufrieden. Er hat seinen Wagen.
– Hätte früher ein Arbeiter seinen Wagen gehabt? Es ist der Mann unserer Zugehfrau. Da sehen Sie es. Übrigens kann er ihn nicht einmal vor der Fabrik parken, sie haben alle einen, sie haben keinen Platz mehr.
– Früher gab es keine Autos.
– Auf diese Weise übrigens kommt man ja auch so weit daß weder die einen noch die anderen mehr fahren können, sagt Monsieur Aignan. Wissen Sie wieviel Zeit ich von den Champs-Elysées hierher gebraucht habe? Sie würden es nicht glauben. Und um

zu parken ist selbst die Avenue Henri-Martin vollgestopft.

– Alles Arbeiter von Simca?

– Ob nun die oder andere, ein Wagen nimmt immer so ziemlich gleich viel Raum ein.

– Es ist aber doch ein Skandal, sagt Irène. Da müßte etwas geschehen. Man müßte rationalisieren. Verhindern daß alle Welt so leicht welche kaufen kann.

– Und wo würden Sie vorschlagen sollte man die Wagen hintun die aus den Fabriken kommen?

– Wie bitte? sagt Irène. Man braucht ja nur weniger zu fabrizieren. Und teurer.

– Sie haben nicht einmal das Nötige zum Essen, sagt Madame Aignan, den Kindern geben sie Kartoffeln. Aber ihren Wagen haben sie. Darauf sind sie verrückt.

– Und das Fließband Irène, was machen Sie damit?

– Sie meinen?

– Das Fließband, das fabriziert doch ohne Unterlaß, oder? Und die Wagen kommen raus. Folglich muß man sie verkaufen. Also erfindet man den Kredit damit die Leute die man nicht gut genug bezahlt sie trotzdem kaufen können. Was sollen sie denn sonst damit machen?

– Aber die Automobilindustrie ist einer der ersten Frankreichs! erregt sich nun Monsieur Aignan. Sie setzt Hunderttausende von Leuten in Arbeit, die ohne sie arbeitslos wären!

– Ah ausgezeichnet jetzt rundet sich also die Sache. Sie brauchen eineinhalb Stunden von den Champs-Elysées hierher während ich es mit der Metro in

zwanzig Minuten schaffe, und alles steht zum besten in dieser besten aller Welten des Kap ...
– Und du natürlich, du hast eine Lösung! schneidet Philippe in aller Eile und heller Wut ab. Du wirst die Produktion regeln, und die Zirkulation, und alles, du natürlich!
– Und ob ich eine Lösung habe. Übrigens ist sie gar nicht von mir. Sie ist bekannt wie ein bunter Hund. Es wäre nicht einmal so schwierig gewesen sie rechtzeitig anzuwenden, vor ein paar Jahrzehnten; aber man hat es ja nicht zugelassen. Und im Grunde ist es ja idiotisch, wenn man zusieht wie es heute ist. Jedermann hätte dabei gewonnen. Ich sag das auf der Ebene der bloßen Logik.
Es heften sich auf mich die Blicke der sprachlos bestürzten Aignans. Wäre ich – Sollte sie – Könnte sie am Ende zu allem Überfluß noch ...
– Aber was sagst du denn da? Was redest du daher? Du sagst einfach irgendwas! platzt Philippe heraus. Geister, die ein bißchen weiter zu denken vermögen als du erlaube mir daß ich es dir sage studieren an diesem Problem seit Generationen und du kommst daher und willst alles in Ordnung bringen! Für wen hältst du dich denn? Übrigens weiß ich nicht warum ich mich lang ärgere fügt er plötzlich ruhig hinzu, mit einem Blick der Entschuldigung an die Seinen, er schämt sich, Céline ist eben so sie redet immer irgendwas daher es ist nicht der Mühe wert sich lang darüber zu ärgern. Du bist wahrscheinlich sehr müde.
– Wegen der Stickerei, sagt Irène. Das wäre denn doch zu dumm.

– Ein ganzer Tag in diesen großen Läden, das kann einen aber auch erschöpfen, nachher regt man sich über ein Nichts auf, sagt Madame Aignan.
– Ruh dich einen Augenblick aus, sagt Philippe, und die Dinge werden wieder ihr normales Aussehen annehmen.

Ihr normales Aussehen. Ich nehme ein Aspirin. Ich nehme ziemlich viel davon in letzter Zeit. Es hilft. Mein Arzt – ich habe einen Arzt, so wie ich einen Notar habe, den der Philippes Güter von meinen Nichtgütern getrennt hat, eine bemerkenswerte Operation; so wie ich eine kleine Näherin habe, die mir schon zwei Kleider verdorben hat, in denen ich laut Philippe endlich ausgehen kann, im einen seh ich aus wie eine Bohne im anderen wie eine Erdbeere auf Schlagsahne aber ich falle nicht mehr unangenehm auf bei Prunier das ist die Hauptsache; so wie ich ein Mädchen habe, Spanierin und gleichzeitig mit der Inbesitznahme der Wohnung geliefert durch Madame Aignan, die über unerschöpfliche Quellen davon verfügt, direkter Import und billigster Preis – ich habe den Lohn ein wenig erhöhen wollen aber Philippe hat sich widersetzt, nicht daß er was gegen sie hätte im Gegenteil er ist sehr sozial gesinnt aber das würde die Kurse in die Höhe treiben, übrigens sei es die reine Demagogie von mir hat er gesagt und hatte nicht einmal unrecht, man muß die Löhne der Mädchen nicht erhöhen man muß sie im Gegenteil heruntersetzen damit sie wirklich genug von dem

Kram bekommen und ein für alle Mal den Laden unter Feuer setzen und daß nicht mehr davon gesprochen werde – also mein Arzt hat mir eröffnet, daß ich an einer leichten chronischen Agapaxie leide, eine Krankheit zu deren Merkmalen es gehört daß man angesichts unglücklicher Ereignisse traurig und angesichts glücklicher froh ist, selbst wenn sie, so führt das Wörterbuch aus, einen nicht persönlich betreffen, und welche (Krankheit, welche) infolge dieser dauernden Reaktionen für Familie und Umgebung sehr unbequem ist und die folglich geheilt werden muß. Das ist kein Witz ich hab das Buch gelesen, und ich habe den Arzt gefragt ob die Leute nicht alle dabei seien verrückt zu werden um derartiges Zeug schwarz auf weiß niederzulegen. Er hat mir geantwortet: Da sehen Sie es ja, daß Sie agapaktisch sind. Daher der Ärger in den Möbelläden. Gegen den hat Madame Aignan einen kleinen Dekorateur und Tapezierer empfohlen, nicht teuer und dessen Adresse sie hatte. Der Arzt seinerseits hofft mich zu heilen durch eine fortschreitende Neutralisierung meiner Empfindsamkeit, dank kleiner Pillen, meinem guten Willen, Zeit Weisheit und meinem Prinzen. Auf alle Fälle hab ich mal die kleinen Pillen ins Klo geworfen, man muß sich vorsehen, und hab stattdessen in die Röhre ein leichtes Abführmittel getan, Philippe freut sich wenn er sieht daß ich irgendwas schlucke und ich habe einen reinen Teint. Da siehst du was es heißt ein gesundes Leben führen, früh ins Bett gehen, früh aufstehen, nicht zuviel trinken. Sagt er. Ich werde dicker. Meine

Hosen kneifen mich. Warum kaufst du dir nicht lieber ein Kleid, wiederholt geduldig Philippe jedesmal daß ich um ein Sümmchen für eine neue bitte, du weißt daß ich dir nichts versage; und außerdem wo wolltest du sie anziehen? nicht um mit mir auszugehen das kann ich dir gleich sagen. Also? Nicht daß er geizig wäre, er gibt aus, aber er möchte wissen wohin es geht, und er möchte daß es dahin geht wo er will. Mein Wort ich werde noch bei den Abrechnungen zu schummeln gezwungen sein, ich werde noch so weit kommen, so wie es mir Julia Bigeon anrät. Wie ein Dienstmädchen.

– Aber wir tun es doch alle, sagt sie, wie willst du denn daß man sonst zurande käme? sie halten uns zu knapp.

– Es ist merkwürdig, sie sind doch sonst nicht geizig; nur für das was sie uns geben.

– Was willst du da machen man muß sie verstehen: es ist ihre Pinke.

– Ja ja gewiß. Sie haben ja auch den ganzen Ärger wie sie dazu kommen.

– Und sie tragen die Verantwortung.

– Die Lasten.

– Die Zukunftssorgen.

– Die Steuererklärungen.

– Das alles ist ihre Sache.

– Mein Gott um alles in der Welt möchte ich kein Ehemann sein! Es ist ja eine Kette leidiger Fronarbeiten! Warum tun sie denn das alles?

– Weil Einsamkeit für sie noch ärger wäre: denk dir wenn sie abends heim kämen in ihr kleines Apartement, nichts, niemand, allein mit sich selbst: die Leere.

– Die Unglücklichen! ihr Teil ist wahrhaftig das schlechtere. Es ist kein Spaß ein Mann zu sein auf Erden.

– Ja. Wir schäkern, wir schwatzen, wir suchen Kleider aus

– während sie in den Tiefen ihrer Büros bleichen, ohne Sonne, von Telephonaten umgeben und von Wichtigkeit erfüllt.

– Das ist halt ihre kleine Kompensation, laß mal.

– Gottseidank haben sie von Zeit zu Zeit Kriege, da können sie ein bißchen aufschnaufen.

– Und übrigens wirst du sehen, falsche Abrechnungen sind denn doch eine Spur erheiternder als richtige Abrechnungen, sagt Julia. Man erfindet. Am Ende wird es geradezu lustig. Es war meine Mutter die es mir angeraten hat, sie hat es ihr ganzes Leben lang gemacht, und niemand hat darunter zu leiden gehabt.

Julia ist die Frau von Jean-Pierre. Jean-Pierre ist ein Freund von Philippe. Arbeitet wie er im Plankommissariat, das schafft Bindungen, obzwar Philippe an der Dezentralisation arbeitet und Jean-Pierre an der Neugruppierung.

– Es läuft also darauf hinaus daß der eine von euch das Gegenteil vom anderen tut?

Da wir viel zusammen ausgehen versuche ich mich zu interessieren; teilzunehmen. Nein, im Ernst, ich bemühe mich. Ich will an seinem Leben teilhaben. Bin ich nicht seine Frau?

– Aber nicht doch du verstehst das nicht, und außerdem wäre es zu lang es dir zu erklären es ist ein bißchen kompliziert, siehst du, es handelt sich nicht um die gleichen Dinge. Aber in irgendeiner Weise ergänzen sie einander doch.

– Ah ja ich sehe schon, das erinnert mich an die Geschichte von den zwei Architekten, die Auftrag erhalten hatten zwei Teile einer Stadt zu planen; der eine oben hat Häuser niedergelegt um eine Promenade mit freier Aussicht zu schaffen, und während der Zeit hat der unten Hochhäuser gebaut. Als sie beide fertig waren...

– Aber nein so ist es gar nicht komm doch. Im Gegenteil. Ich versuche die Dezentralisation bestimmter Industrien zuwege zu bringen deren Anlage in Paris nicht unentbehrlich ist, und sie in unterentwickelte Regionen zu verpflanzen die sie wieder zu Leben und Wohlstand bringen könnten.

– Warum?

– Aber weil diese Regionen sonst tot sind und es nicht rationell ist in einem Land Platz zu verschwenden.

– Platz verschwenden? Aber da ist doch irgend etwas drauf... Bäume. Gras.

– Was willst du denn mit Bäumen und Gras anfangen? davon lebt doch kein Mensch. Versuche mir zu folgen: schau Paris ist wie eine Sonne, und die anderen Städte sind wie Planeten die sich um sie drehen. Da muß eine Harmonie herrschen verstehst du? Und das ist es war wir herzustellen versuchen.

Aha. Paris ist ein Beafsteak und die anderen Städte

sind wie die Pommes frites die darum herum gelegt werden. Paris ist wie ein Elephant, und die anderen Städte sind wie Flöhe die dieser Elephant haben könnte; also kratzt er sich. Analogiebeweise, das liebe ich schon. Ich kann ihm gute zwanzig liefern wenn sie ihm ausgehen sollten. Allerdings das Leben eines Landes darauf zu errichten das scheint mir aufs höchste poetisch zu sein soviel kann man sagen. Und daß diese Poesie in den Händen der Philippe Aignans und Jean-Pierre Bigeons liegt das ist wirklich ein Anlaß sich völlig beruhigt zu fühlen.

– Während Jean-Pierre, siehst du, spricht mein freundlicher Träumer weiter, der bemüht sich in einem gegebenen Sektor Industrien zu gruppieren die einander in irgendwelcher Weise ergänzen, nehmen wir einmal an sagen wir ... um ein Beispiel zu geben ...

– Hammel und Bohnen. Eine Waffenfabrik und zum Tode Verurteilte. Eine Spinnerei und Striptease-Tänzerinnen. Ein Menschenfresser und Kindergärten.

– Pferde und Spatzen, sagt Julia.

– Sie sind nicht ernst, sagt Philippe. Man kann nicht versuchen ernsthaft mit ihnen zu reden.

– Das ist übrigens auch was ihren Charme ausmacht, sagt Jean-Pierre. Sonst liebte man sie ja nicht so sehr.

– Je blöder man ist, desto mehr lieben sie uns, sagt Julia.

– Kein Grund zur Klage es ist ausruhsam, sag ich.

– Aber du bist es die verlangt daß man dir erkläre! sagt Philippe. Und dann hörst du nicht zu.

– Aber durchaus durchaus ich hab alles verstanden! ihr seid es die die Landschaften morden, und die Flüsse verschmutzen.
– Poesie ist was sehr Schönes mein Schatz und der Tourismus durchaus reizvoll, aber erst müssen die Menschen essen.
– Scheiße?
Betroffenes Schweigen. Philippe räuspert sich. Jean-Pierre, galant, fährt mit gewohntem Feinsinn weiter.
– Vielleicht übertreiben Sie denn doch ein wenig liebe Freundin, Sie malen es etwas schwarz aus.
Philippe räuspert sich nochmal um die Pille ganz runterzuwürgen.
– Meine Frau ist eine Reaktionärin. Sie nennt sich fortschrittlich – ich glaube wohl? sagt er und wendet sich mir zu die ich niemals etwas Ähnliches behauptet habe, und in Wirklichkeit ist sie eine wilde Reaktionärin. Sie spuckt auf jeden Fortschritt. Sie möchte ihre Kleider selber weben und Feuer mit zwei Feuersteinen machen. Und Wasser holen gehen, reines Wasser, an der Bergquelle; im Morgengrauen. Was mein Schatz das möchtest du doch?
– Ich bin nicht gegen den Fortschritt, ich bin gegen den saublö- gegen den üblen Gebrauch des Fortschritts. Der Fortschritt, eurer jedenfalls, ist ein Vergewaltigungsunternehmen.
– Oh oh, sagt Jean-Pierre lustig, und Philippe: Aber sieh mal Céline du nimmst keinerlei Rücksicht auf Tatsachen . . . niemals übrigens.
– Und ihr dagegen nehmt nur auf eine bestimmte Art von Tatsachen Rücksicht: auf Quantitäten. Ge-

nauer: die Quantität an Pinke die es in kürzester Zeit einbringen kann. Ihr denkt mit Bulldozers.

– Stell dir vor, Céline, wir haben es eilig. Die Bevölkerung wächst in einem Tempo ...

– das zu beschleunigen ihr alles Denkbare tut! Gibt es im Planungskommissariat einen Berater für Geburtenregelung? Den möcht ich gern mal treffen; ihm zwei Wörtchen sagen.

– Das ist nicht die eigentliche Frage.

– Sehr wohl ist sie es. Beinah die einzige. Und an die rührt ihr nicht. Das Objekt ist tabu. Frankreich hat sogar die Ehre, eins der beiden Länder zu sein, die sich einer internationalen Prüfung der Frage widersetzt haben. Und unterdessen zerstört ihr, verderbt ihr, entstellt ihr alles. Entwicklung nennt ihr das. Scheiße.

– Céline, hab ich dir nicht schon gesagt ...

– Verwüstung sollte man sagen. Dieser Planet ist ein einziger Bauplatz. Ihr habt nur das Glück der Leute im Sinn und gebt ihnen Gift zu fressen, Gift zu atmen, laßt sie in Häßlichkeit leben. Schönheit, ach was, das existiert gar nicht.

– Die Schönheit ist nicht ein Faktor ... sagt Jean-Pierre.

– Sieh mal an Sie sagen es selber.

– ... ist kein Faktor erster Ordnung. Es gibt eiligere und wichtigere, die zunächst zu berücksichtigen sind

– Wichtigere. Ah ja. Und das wißt ihr, was wichtig ist. Wißt ihr, was das ist, Menschen ohne Sinn für Schönheit? Viel weniger als Tiere. Habt ihr nicht

zufällig bemerkt daß von untergegangenen Zivilisationen nur das zurückbleibt: die Schönheit?
– Aber was schert uns was übrig bleibt wenn es verschwunden ist! plärrt Philippe. Wir leben in der Gegenwart!
– Ich liebe die Ägypter, sagt Julia.
– Man kann denn doch nicht den Fortschritt aufhalten, damit du in einem Museum lustwandeln kannst, erwidert der ihrige.
– Eine schöne Frage, sag ich. Meine Antwort wäre: ja. Unglücklicherweise stellt sie sich erst gar nicht, denn mit euerer verfluchten Bombe ließe man ja nicht einmal mehr Museen stehen, wenn man schon Dinge machte, die hineingehören.
– Nun wären wir soweit! ... seufzt Philippe gequält, und zu den anderen: achtet nicht darauf da ist sie manisch.
– In Fragen Bombe zerfällt die Welt in zwei Kategorien: die Manischen, und die Blinden.
– Und wohin gedenkt ihr im Urlaub zu fahren, sagt Philippe, worauf Jean-Pierre sich beeilt zu antworten, die Türkei reize sie sehr und hop sind sie los in Richtung Bosporus, und kann man die Abschußrampen besuchen sagt Julia ich möcht eine Abschußrampe besuchen sehen wie das ausschaut, aber dieser Versuch hat keinerlei Erfolg und wir rücken von ihnen ab, um unter uns zu schwatzen.
Philippe, im Hinausgehen:
– So wirst du es denn niemals lassen?
– Ich hoffe nicht, das hieße ja, daß ich völlig verblödet wäre.

– Nun, du wirst es aber doch lassen müssen. Denn ich werde deine schlechten Manieren nicht länger dulden.

– Ach so du sprichst von der Form. Ich glaubte es sei von den Ideen verzeih.

– Deine Ideen sind mir knallpiepe. Was soll man damit, mit deinen sogenannten Ideen! Alles was ich sehen kann, ist, daß man dich nicht ausführen kann.

– Dann führ mich doch nicht aus. So besonders unterhaltlich ist es ohnehin nicht, da seh ich mir lieber einen Western an.

– Aber wenn ich eine Frau habe, dann ist es, um mit ihr auszugehen!

– Ach. Ich dachte, weil du sie liebst.

– Das eine steht dem andern nicht im Wege, scheint mir! Im Gegenteil, es sollte umgekehrt sein, wenn du mich liebtest läge dir daran mich nicht in der Öffentlichkeit lächerlich zu machen mit deinen Lumpenmanieren!

– Ah ja. Herstellen wollt ihr die Scheiße schon, aber nicht daß man sie euch ins Gesicht beim Namen nenne?

– Ein letztes Mal ersuche ich dich . . .

– Komm Philippe wir sind ja jetzt allein. Jedenfalls rechne nicht auf mich um sie Rosen zu nennen, Prestige oder Wohlstand.

– Nun also sieh mal das beste wäre, von nun an überhaupt nicht darüber zu reden. Im übrigen ist es meine Arbeit, du hast dich nicht drum zu kümmern, es geht dich nichts an, es ist meine Sache.

– Er hat recht, sagt Julia. Warum diskutierst du mit ihm? Was glaubst du ist dabei zu lernen, daß man mit ihnen spricht? Es sind verschiedene Welten. Was hat dich sein Business zu scheren. Du bist seine Frau, nicht sein Kompagnon. Dich geht nur eines an in der ganzen Sache: daß er Pinke herbringt und du sie verbrauchst. Man könnte meinen, es gelingt dir nicht, zu begreifen, was Ehe heißt, allmählich muß es dir doch eingehen, wenn man sich derart Mühe gibt, dir's beizubringen. Laß sie doch reden. Sag ja. Stell ihm seine kleinen Abrechnungen zusammen. Damit er zufrieden ist und du Ruhe hast. Bist ein wenig tapsig im Grunde.

Philippe sieht es gern, wenn ich mit den Frauen seiner Freunde verkehre. Er erwartet viel von ihrem Beispiel und von ihrem Einfluß auf mich, besseren jedenfalls als von meinen früheren Bekanntschaften, von denen ich mich mehr und mehr entfernt habe; so sehr viel übrigens hätte ich ihnen nicht zu sagen; sie vielleicht mir auch nicht ...

Sachte, ganz allmählich passe ich mich an. Man lernt, man lernt. Allabendlich trage ich in ein Heft die Ausgaben des Tages ein, sowas übt das Gedächtnis beschäftigt den Geist, Klo-Papier Mülleimer aus Plastik Schmutzige-Wäsche-Sack, so lange denkt man an nichts Böses; am Ende des Monats zähle ich zusammen. Wenn man nicht Buch führt löst sich das Geld in Rauch auf sagt Philippe, nachher findet man es nicht mehr. Wohingegen mit der Buchführung weiß man wo es ist. Wie wahr: wo können nur jene zwanzigtausend alte Francs hingekommen sein?

Je nun, auf die Weise erfährt man es, man findet sie wieder, und wenn man sich ein bißchen anstrengt notfalls sogar ein bißchen mehr. Da ist man beruhigt. Da kann man schlafen gehen. Dann macht sich Philippe an mich und bedenkt mich mit Liebe. Der Tag ist zu Ende. Morgen wird ein anderer tagen, um acht Uhr, mit Juanas Stimme, die uns bittet, zu Tisch zu kommen. Wie auch sollte man nicht gehorchen? Da drüben warten, einander gegenüber, die Frühstückstassen, der Kaffee verliert schon sein Aroma, die Milch wird kalt, die Eier werden hart, und Juana verliert ihre Zeit, während sie doch so viel zu tun hat, und man darf Juana nichts von der Zeit verlieren lassen, die man ihr doch bezahlt, das wäre ja hinausgeworfenes Geld; Philippe ist schon auf, voll gewappnet, ungeduldig scharrend wie ein Pferd, auf der Schwelle zu einem Tag, der reichlich abgesteckt ist mit Verabredungen Beratungen Planplanungen, und der nur auf mich wartet um anzubrechen. Ein ganzer Tag harrt nur auf mich; ein Haus wartet; ich halte den Gang der Zeit auf, ich träge kleine Fliege da im Bett wo ich mich nunmehr allein breitmache, schön im Warmen. Also, stehst du nun auf? Man wartet nur mehr auf dich. Wie soll man da widerstehen? Allzu viel Mächte haben sich verschworen gegen mein lächerliches bißchen Schlaf.

Die Erfahrung hat mich bald darüber belehrt, daß Widerstand gegen Anstürme für diesen geheiligten Schlaf noch tödlicher ist als die Anstürme selbst; so sehr nämlich stimmt es, daß nichts den Geist so wach macht wie das Beharren auf einem Prinzip; beim Beharren auf diesem nämlich: es hat keinen Sinn, daß auch ich aufstehe, richtet sich mein ganzer Geist in agapaktischem Zorn auf, und was habe ich davon. Beharren wir auf nichts, lassen wir uns treiben: auf den ersten Anruf hin schicke ich ihnen eine Gliederpuppe meines Aussehens; ich schlüpfe in einen automatischen Piloten; dieser brave Roboter vermeidet jeden Lärm und jede jähe Bewegung, die meine Ruhe stören könnte, geht die Brote mit Butter bestreichen, sie eintauchen, sorgfältig nach der Mitte der Tasse zielend, um keinerlei Zwischenfall anzurichten, im besonderen das in-den-Kaffee-fallende Butterbrot, denn dann, um es wieder rauszukriegen macht man sich die Finger voll und am Ende kommt es ganz schwammig zum Vorschein, mit zergangener Butter, zum Kotzen. Und der Milchkaffee ist fettig. Und ich, Roboter oder nicht, hasse die unerfreulichen Erfahrungen so gleich am Morgen, man kriegt einen schlechten Eindruck vom Leben im allgemeinen, und mit einem Auge mag ich zwar schlafen, morgens, oder selbst mit allen beiden, aber dem dritten im tiefsten Hintergrund geht es nicht so sehr schlecht, es wacht, es ist voller Leben sogar, und es kennt haargenau sein Interesse, das meinige, das darin besteht, jederlei Ärger von uns fernzuhalten, im besonderen den ärgsten, den man der Seele antun kann: nämlich den Schwachsinn. In der Früh nämlich hab ich eine Seele, sie mag wenig wert sein aber es ist die meinige und ich muß damit zurechtkommen, und in der Früh bin ich drin in ihr, schön im Warmen, ganz versammelt, ganz vereinigt, getreu, ein Fuß im Traum ein

Fuß im Leben wenn es sich mir nur in der leuchtenden Schönheit bieten wollte an die ich morgens glaube. Es ist nicht wahr daß ich morgens schlafe, die Wahrheit ist, daß ich noch nicht in die Unwirklichkeiten des Tages entschlafen bin. In der Früh hab ich den Glauben; noch hab ich ihn nicht verloren. In der Früh bin ich ich, in der Früh mag ich mich gern, ich in der Früh ich.

– Ja ja.

– Was ja ja? Ich frage dich, ob wir die Bebeje (?) zum Essen zu uns einladen oder ins Restaurant. Da ist ja ja doch keine Antwort.

– Wie es dir lieber ist, Liebster, gurrt zärtlich der Roboter, Beschützer meiner Ruhe.

– Nein keineswegs wie es mir lieber ist! sagt der Gemahl mit bohrender Stimme, ich muß es wissen, und du mußt Anordnungen treffen.

Anordnungen. Brrr. Achtung böses Wort, der Roboter zieht die Alarmglocke.

– Warte nur ein kleines Bißchen ...

– Worauf soll ich denn warten?

– Ich suche meinen Traum.

– Deinen Traum! Ich hingegen spreche zu dir in Wirklichkeit.

In Wirklichkeit. Drittes Auge vermerkt den Ausdruck mit sarkastischem Grinsen. Roboter versucht zu begütigen.

– Wenn ich seiner nicht habhaft werde, geht er mir verloren.

– Ich auch geh dir verloren, mach ich dich aufmerksam. In zehn Minuten spätestens muß ich.

Zeitangaben sind ganz besonders unheilvoll. Drittes Auge stöhnt: getroffen. Philippe ist ein tadelloser Fechter; er kennt die besten Stöße: Anordnungen, zehn Minuten. Ich kämpfe verzweifelt.

– Aber du du kommst ja wieder ...

– Also sind dir deine Träume wichtiger als ich.

– Aber nein Liebster, das hab ich nicht gesagt, stammelt Roboter, ein wenig unsicher. Ich wollt dir erzählen, weil es sehr schön war. Ich ging an einem Haus vorbei ...

– Hör mal, ich muß in fünf Minuten fort sein, wenn ich rechtzeitig ins Büro kommen will, und bei dem Verkehr in der Gegend hier ist nichts genau vorherzusehen.

– Warum nimmst du nicht die Metro, da könntest du genau vorhersehen, da kommen die Züge nach Nummern zu festen Zeiten.

– Und vorher müssen wir uns entschieden haben wegen diesem Essen.

Die Art von Anspielung auf die Metro geht immer über seinen Kopf hinweg, erstaunlich wo er sonst doch so rationell ist. Also ich hörte eine ungewöhnliche Musik, die von oben aus dem Haus kam ...

– ... mit den Bjebne, ob hier oder auswärts, und vorher treff ich mich mit den Japanern wegen der Zolltari-

Ich stieg Treppen mit sehr hohen Stufen hinauf (wie denn Monsieur Freud, schließlich hab ich gestern noch der Lust gefrönt?) und es waren da rote Grotten (immer besser!) und ich kam in

– sehr wichtig Versammlung morgen bis Uhr einen

großen Saal mit schwarzen und weißen Marmorfliesen, den man durchqueren mußte um
– schwarzen Schuhe
in eine Art Loggia zu gelangen, in die durch hohe vielfarbige Glasfenster ein venezianisches Licht
– Juana wegen dieses Kragens der zu stärken ist
fiel, unter dem Leute auf Pelzen ruhen, nein aber die ist ja wunderschön diese Geschichte. Ich hab ein tolles Unterbewußtsein; ein wirklicher Künstler. Niemals fänd ich das alles aus mir heraus. Die Frage ist nun, schreite ich nur auf den schwarzen Fliesen, oder auf den weißen. Sehr wichtige Frage, wer wollte es leugnen, und deren Bedeutung
– und morgen Abend müssen wir die Erklärung ausarbeiten.
Erklärung von was Hauptsache nicht lang zu erfahren suchen. Die Zukunft wird es erweisen. Nur allzu sehr. Also weiße Fliesen oder schwarze Fliesen?
– äußerster Termin um eine Erhöhung zu vermeiden. Weißt du wieviel wir für Juana ausgeben?
Nein, nein, nein! ich will es nicht wissen! Ich will es nicht wissen ich will nicht! Roboter verliert den Kopf, die Panik ist da. Drittes Auge heult auf. Hält man sich die Ohren zu wenn der Ehegemahl zu einem spricht? Er sagt sie mir er wird sie mir sagen es ist schon getan; er hat sie rausgelassen. Die Ziffer. Tödlich. Zu Ende. Die Loggia da dort, das Paradies, verblaßt, entschwindet auf immer, läßt mich, erhobenen Beines zwischen weißer und schwarzer Fliese, ohne fortan zu wissen, wie mich verhalten, ich bin der Welt der Sterblichen zurückgegeben, jener der

Wirklichkeiten, wie es heißt. Aufgewacht, wie man so sagt. Abgeschnitten, abgetrennt. Wütend.

– Warum muß man heute davon sprechen, wenn es morgen sein soll! es reicht doch wenn man sich morgen ödet?

– Du willst sagen, ich öde dich an, wenn ich recht verstehe?

– Wirst du behaupten es ist unterhaltlich dein Zeug da? Also sag ich es reicht wenn einer sich damit ödet.

– Und dieser eine, das soll ich sein?

Ach Scheiße.

– Es hat jeder seine Lasten, sag ich also, es ist doch nicht schwierig zu begreifen: warum also auch noch Gesprächsthemen daraus machen, die wirklich nicht lustig sind. Man kann doch die Arbeit teilen, nein? Ich sage was nützt es wenn man zu zweit ist und man ödet sich zur gleichen Zeit über die gleiche Sache und redet auch noch vorher davon?

– Also was nützt es, daß man zu zweit ist, wenn man nicht miteinander reden kann.

– Ich habe gesagt, man hat es nicht nötig, von anödenden Dingen miteinander zu reden.

– Zu zweit sein, heißt auch die Sorgen teilen.

– Nein.

– Deiner Ansicht nach nur die Vorteile?

– Ja.

– Das ist ohne Zweifel recht bequem, meine Liebe.

– Das hab ich nicht gesagt, ich weiß nicht, warum du nicht begreifen willst. Ich habe gesagt es lohnt nicht die ödesten Gesprächsstoffe oh-ne – Not-wen-dig-keit zu ...

– Und wenn ich dir sage, daß du mir gesagt hast, ich öde dich, wirst du auch behaupten, du hast es nicht gesagt?
– Wie?
Allzu schwer darf man mir's ja doch nicht machen um diese Stunde.
– Und welchen anderen Gesprächsstoff hättest du mir zu bieten? Wie? Los, ich warte. Du sitzt da, Nase in der Tasse, sagst kein Wort, da muß wohl oder übel ich mich bemühen!
– Warum? Schweigen ist auch gut.
– Reizend! Schließlich und endlich hab ich nur den Mund zu halten!
– Übrigens wollt ich dir meinen Traum erzählen, der schön war. Das war interessant.
– Für dich vielleicht. Aber deine Träume interessieren wieder mich nicht.
– Siehst du.
– Was soll ich sehen?
– Dir macht es weiter nichts aus mir zu sagen ich öde dich an. Du gehst sogar sehr viel weiter.
– Aber mein kleines Mädchen ich hab anderes zu tun, ich! als mich mit Träumen abzugeben! Ich habe an Wirklichkeiten zu denken! Während du in deiner Poesie schwebst kümmere ich mich um konkrete Dinge.
Es ist ja nicht erlaubt, die Semantik solcherart zu mißhandeln, vermerkt Drittes Auge, von jeher in diesen Dingen sehr empfindlich. Aber wir werden nicht eine Diskussion eröffnen über Wortdefinitionen, mit einem derartigen Esel.

– Auf alle Fälle ist er weg jetzt, mein Traum, du hast gewonnen.
– Na desto besser! so wirst du auf das aufpassen können, was ich dir während der paar Sekunden sage, die mir verbleiben, die mir sogar nicht verbleiben ich bin zu spät dran, dank dir. Dank deinen Träumen. Na ich kann nur sagen. Gut, ich hab auch keine Zeit mehr zu diskutieren dein Glück. Also wo ißt man?
– Restaurant. (immerhin ein bißchen weniger mopsig)
– Also triffst du mich um acht Uhr.
– Wo?
– Denn das hast du auch nicht gehört?
Der Teufel weiß was alles ich nicht gehört habe. Außer Schwarzen Schuhen und Kragen Zum Stärken weiß ich nichts von diesem Mann heute. Gott sei gelobt jetzt treibt er am Steuer seines schönen Wagens immerhin noch Serienwagens aber das wird anders, sobald die Kosten für die Wohnung bereinigt sind Papas Vorschuß das zweite Drittel, treibt auf seinen elf Steuerformelpferdestärken mit sechs Stundenkilometern in der rue de la Pompe, inmitten von seinesgleichen lauter Rittern vom Plan von Ausschüssen Versammlungen Telefonaten Efficiency Entwicklung Errungenschaften Ausrüstung Lebensstandard Unternehmungen Koordination Investitionen Konvertierungen Förderung Prosperität und Eisernem Besen, treiben alle zusammen Schulter an Schulter mit sechs Stundenkilometern der Bereicherung des Landes entgegen, zunächst mal auf dem Weg über die eigene, wenn irgend möglich.

Und ich während dieser Zeit
Ich während dieser Zeit
Ich während dieser Zeit, tralala. Während dieser Zeit ich loggia. Ich venetianische Lichter. Ich Musik. Ich schlafe.
Die Welt gehört denen, die früh aufstehen. Jedoch: welche Welt?

Einer der großen Genüsse der Ehe ist die Abwesenheit des Ehemannes. Man ahnt nichts davon, wenn man es nicht mitgemacht hat. Hingeflezt auf den Diwan im Gästezimmer sammle ich die Stücke von mir auf. Das war meine Idee, ein Gästezimmer herzurichten; sie hat gefallen, es nimmt sich gut aus; und nun für welchen Gast wenn nicht mich? Alle anderen gehören Juana, sie hat Gründe, dort einzudringen, gegen welche die armen meinigen niemals aufkämen. Im ehelichen Gemach hat sie, sobald es von den Ehegatten verlassen ist, die Betten zu schütteln, hat dieselben zu lüften, mit der Luft aus der rue de la Pompe, aber was, man nennt das weiterhin Luft die Tradition will es so, die Tradition überlebt Tatsachen um vieles, es wird einiger infolge Fensteröffnung erstickter Kleinkinder bedürfen um eine Änderung der Ausdrucksweise zu veranlassen. Ins Gästezimmer aber gibt es keine Luft hereinzulassen, nichts gibt es, keinerlei Vorwand der ein Eindringen rechtfertigen und gleichzeitig Gelegenheit geben könnte, mich zu fragen, was es heute zu essen gibt. Es ist mir wurst was es heute zu essen gibt ich hab keinen Hunger. Ich werde Juana erst um elf Uhr gehören, eine Zeit, zu welcher der Gedanke an Nahrung beinahe aufgehört haben wird, mir Übelkeit zu bereiten. Aber um so weit zu kommen, was habe ich kämpfen müssen! eine ganze Organisation mußte ich schaffen; ein Programm aufstellen! Ich. Es mußte sein. Aufräumen von drei Räumen. Und um elf Uhr, bums, sie würde denken, es wäre mir nicht recht, wenn sie eine Minute später käme, ist sie da, und ich muß was anderes finden, das sie tun könnte. Was diese Unglückliche nach Arbeit dürsten kann grenzt an Wahnideen. Zehn Minuten mit den Armen schlenkern hält sie nicht aus. Muß ja heiter sein in ihrem Land. Sie hat das Gefühl, ihren Lohn zu stehlen, wo doch Gott weiß, daß man ihr ohnehin nicht zu viel gibt; und um ihr dieses schreckliche Gefühl zu nehmen, sie bestehle mich, muß ich arbeiten und Arbeit für sie finden, ich, die ich nicht bezahlt werde. Ist das gerecht? Das ist sie, die Kehrseite der Sklaverei, daß der Herr selbst in sie einbezogen wird. Also muß ich anfangen an widerliche Sachen zu denken um eine zu finden, die sie tun könnte, und soll auch noch nützlich sein. Welche Mühe es mich kostet, mein Hausmädchen zu beschäftigen, ist kaum glaubhaft, niemals hab ich mich so abgerackert als ich allein für mich lebte, niemals habe ich mich so mit häuslichen Arbeiten abgegeben, wie seitdem ich bedient werde, wie man das nennt. Ein Vorgang von bemerkenswerter Rentabilität. Ich habe zu ihr gesagt: Nehmen Sie sich doch ein Buch; oder stricken Sie sich einen Pullover.

– Sie sind ja wahnsinnig! empört sich Madame Aignan. Sagen Sie ihnen niemals derartige Dinge! Sie verderben sie! Außerdem verwirrt es sie. Diese Leute sind nicht daran gewöhnt. Sie glauben nett zu ihnen zu sein, in Wirklichkeit aber tun Sie ihnen den schlechtesten Dienst! Sie wird Ihnen nicht dafür dankbar sein, seien Sie gewiß! Im Gegenteil, lassen Sie ihr keine Sekunde zum Aufschnaufen, da wird sie viel glücklicher sein. Und bleiben Sie ihr im Nakken; im Grunde gibt es ihnen eine gewisse Sicherheit. Glauben Sie mir, ich weiß Bescheid mit den Dienstmädchen.

Stéphanie zufolge hat sie 183 verschlissen.

– Aber wenn ich ihr dauernd im Nacken sitzen muß dann kann ich es ja ebenso gut selbst tun ich täte es rascher, da lohnt es ja nicht ein Mädchen zu haben.

– Hören Sie, es ist schon schwierig genug welche zu finden in unserer Zeit, Sie haben das Glück eine zu haben, profitieren Sie wenigstens davon.

Sie hört nicht auf mich in Staunen zu versetzen.

– In der Tat die französische Spezies ist am Aussterben, sage ich, eher um den Spaß zu verlängern als in der Hoffnung irgendwen zu überzeugen, aber mit dem neuen Sklavenmarkt am Mittelmeer hat sich's eingerenkt ...

– Ja gewiß diese Chance ist uns geblieben sagt die gute Frau, also ein Grund mehr sie auszunützen. Übrigens braucht Philippe ein Dienstmädchen, er ist daran gewöhnt worden. Schon als ganz Kleiner, da hätten Sie sehen müssen wie er zu kommandieren wußte.

Reizender Balg.
– Ich will gern glauben daß Sie »diese Dinge da« zu machen wissen mein liebes Kind, sagt sie, in zarter Anspielung auf meine wahrscheinlich bescheidene Herkunft, aber sehen Sie, Philippe würde das stören. Armer Philippe. Also dann um elf Uhr ans Werk. Erstaunliche Tätigkeit: an die Fenster denken, an die kleinen Silberlöffel (warum Silber, alles schmeckt danach, nun schließlich sie sind daran gewöhnt). Ans Kupfer. Denken. Arbeitsteilung: die eine denkt, die andere hört zu und tut was sie gehört hat. Nun beginnt sie zu vergessen: wie soll man Worte behalten? Besonders wenn man die Sprache nicht kennt, das ist der Nachteil des importierten Sklaven. Also muß die eine daran denken sich daran zu erinnern was die andere vergessen hat. Sieht man's im Hinblick auf Efficiency wie sie zu sagen lieben, ist das ein überraschendes System. Jedermann hat mehr Arbeit. Großartig. Und was also wird man essen? Zur Zeit als ich ledig war wurde mir das jeweils klar wenn ich, Hunger im Bauch, über einen Markt ging, niemals fiel mir ein es im voraus zu bedenken. Ich sage zu Juana: kaufen Sie was heute gut aussieht. Das aber kann sie nicht. Sie weiß nicht ob das, was ihr zufolge gut aussieht, uns an diesem Tag gefallen wird, gerade an diesem Tag, und tatsächlich gefällt es uns nicht, man hätte lieber was anderes gewollt, aber man wußte es nicht ehe man das Zeug kommen sah das uns nicht gefällt. Verantwortungen solcher Art kann Juana nicht auf sich nehmen, sie will wissen was man will, damit man nachher nichts sagen kann.

Und ich versteh sie. Aber wie sollen wir selbst es wissen? So erfinde ich denn; ich erfinde Sachen die man essen könnte, so drauflos, blindlings, ins Abstrakte, ich hole sie aus meinem Kopf in dem nichts ist, ich habe keine Lebensmittelgeschäfte im Kopf, so sage ich denn die ersten Dinge die mir gefallen, es ist irgendetwas, ich weiß nicht ob ich Lust darauf habe, noch weniger ob Philippe Lust darauf hat, ob er heute Lust darauf haben wird, jetzt gleich, diesen Abend; ich weiß gar nichts. Und ein hübsches frisches Stück Zeit verdirbt bei dieser sinnlosen Tätigkeit, die man morgen wird erneuern müssen, und übermorgen, und jeden Tag, und zu denken daß es deren 365 in einem einzigen Jahr gibt und Jahre man weiß es nicht wie viele und daß an jedem dieser Tage die Frage sich stellen wird und eine Antwort erfordern wird. Eines schönen Tages, an einem dieser unzähligen Tage erträgt man es mit einem Mal nicht mehr sich zu fragen was ißt man heute? zwangsläufig beginnt man sich zu fragen warum. Man muß es einfach. Man kann ziemlich lange durchhalten, aber ein Augenblick kommt in dem man nicht mehr anders kann. Es ist die dümmste Frage auf der Welt, aber da stellt sie sich wohl oder übel durch die Tatsachen und jetzt ist es zu spät und jetzt gibt es nur eine Antwort mehr darauf: für nichts und wieder nichts. »Was soll es heute mittag zu essen geben Madame?« Heute ißt man nicht zu Mittag Juana, ich sehe keinerlei Grund aus dem man zu Mittag essen sollte, sehen Sie einen? Immer so fortzufahren? Denken Sie eine Minute nach. Na sehen Sie. Juana entflieht in die Küche und öffnet den Gashahn. Wir gehen ins Restaurant essen. Endlich eine Speisekarte.

Es waren die Bigeons und die Benoîts mit denen wir dinierten. Ein andermal werden es die Benoîts und die Duplats sein, oder die Duplats und die Bigeons. Die. Das geht immer zu je zweien. Paar nennen sie das. Oder: Hausstand, Junger Hausstand; Pl. »die Jungen Hausstände«. Ein verlockender Ausdruck muß man sagen. Philippe hat einen Tisch reserviert an einem dieser Orte wo man Tische reservieren muß andernfalls sähe es ja aus als ob der Nächstbeste hingehen könnte, und wer ist schon der Nächstbeste? also reserviert denn jedermann; eine dieser Kneipen wo sie einem Das Kotelett direkt vor der Nase grillen, so hat man denn von allem was, Anblick Geruch und Rauch. Der letzte Schrei dieser Modesudelköche, die ja schön dumm wären, wenn sie sich genieren wollten, wird sein, sie ihren Fraß selbst machen zu lassen; Bratpfanne in Händen, voller Fettflecken, werden sie begeistert sein. Es gibt nichts was mehr darauf hält sich der Natur nahe zu fühlen als die Bourgeois. Ich, wenn ich ein Restaurant eröffnete, ich würde Tische reservieren nur für den Fall daß Madame schon morgens zum Gemüseputzen kommt. Man hält sich da zwei gute Stunden auf weil bei diesem System das Auftragen natürlich lang dauert und es ist gesteckt voll da ja alle Leute an die gleichen Orte gehen solange sie in Mode sind, man sitzt einer auf dem andern, es wird gebrüllt weil ein jeder über alle andern hinweg gehört werden will, die auch brüllen; man erstickt, man wird geräuchert, Tiere würden es nicht aushalten, sie gäben Notsignale. Aber wir sind ja keine Tiere. Wir halten durch. Man nennt das Ausgehen. Nachher ist es zu spät um ins Kino zu gehen. Ich sähe mir gern einen Western an. So geht man denn in ein Nachtlokal; man setzt sich hin; man bestellt Whiskies. Man ist eben da. Von Zeit zu Zeit gehen zwei auf die Tanzfläche um einmal rumzutanzen. Man bestellt weitere Whiskies. Der Rauch der Zigaretten folgt auf den der Koteletts. Meine Augen brennen.

Vordem brannten meine Augen nicht. Und doch gab's nicht weniger Rauch in all den Bars es ist immer das Gleiche. Vordem tanzte ich. Gut, aber damals tanzte ich eben. Erst wenn man vollständig tot ist beginnt es richtig. Und dann darf man nicht mit seinem Mann sein. Es ist eine Tatsache. Traurig aber Tatsache. Wenn man mit seinem Mann ist sagt man nicht die gleichen Dinge, tut man nicht die gleichen Dinge. Selbst Loula ist, sobald allein, denn doch weniger blöd, das will was heißen. Und was mich betrifft, er braucht nur aufzustehen und aufs Klo zu gehen und schon werde ich umgehend brillanter; er kommt zurück ich verliere an Glanz. Warum? Es ist ein Wunder. Soll man annehmen, daß ein Zauber gleicher Art auch auf sie wirkt? Man möchte es glauben; es ließe erhoffen daß sie auch anders zu sein vermögen als was man von ihnen sieht. Was aber dann doch merkwürdig wird, ist, warum man darauf besteht zusammenzuhocken wenn es ein allgemein so verstopfendes Resultat hervorbringt. Merkwürdige Einrichtung. Warum, warum? Warum? Ich bin neu da drin; ich schaue um mich. Mein Blick ist ungetrübt. Mich wunderts noch. Die andern scheinen es nicht zu bemerken. Sie schwätzen. Sie haben tausend Themen. Die Filme, die Stücke, die Autos, die anderen Leute. Genau da beginnt der Rauch mich zu beißen. Zu Brennen zu Beißen zu Brennen. Der Whisky ist bitter. Er macht durstig. Bitzelwasser macht durstig, Zitrone natur macht durstig. Ich lasse Kippen von fünf Zentimeter Länge. Die Zigarette macht durstig. Oder aber man geht Bridge spielen, in einen der Jungen Hausstände. Eis Whisky Bitzelwasser Zigaretten. Durst. Ich spiele Bridge wie ein Schwein. Zu Beginn hatte ich eine brillante Periode, Philippe war begeistert. Endlich irgendetwas wobei sie sich geschickt anstellt. Und dann ist es angegangen und ich hab wie ein Schwein gespielt. Ich wußte nicht mehr welche Karten schon ausgespielt waren, was Trumpf war, wer gereizt hatte, und ich spielte gegen meine Partner; am liebsten bin ich Strohmann. Wahrscheinlich gibt es da eben Grenzen. Wenn man in Form ist geht man nach dem Bridge zum Poker über. Jedermann findet ich stelle mich dabei tölpelhaft an, spiele auf merkwürdige Weise sagen sie um höflich zu bleiben. Angeblich bringe ich das Spiel durcheinander, ich störe Berechnungen, ich bin schuld daran daß es nicht wird wie es sein sollte, ein Richtiger Poker. Mag sein aber jedenfalls bin's jedesmal ich die mit dem Zaster abzieht. Sie sind verärgert:

ihre Pinke jemandem herzugeben der so schlecht spielt macht ihnen Kummer. Mich aber interessiert nur das eine, ihnen ihre Pinke abzunehmen; ich tu irgendwas um es so weit zu bringen; ich würde schummeln wenn ich wüßte wie; ich will ihre Pinke. Da ich schon da bin und mich zu öden habe, sollen sie dafür bezahlen. Sie hingegen wollen Richtigen Poker spielen. Der Kunst zuliebe. Aber mir ist der Poker piepe ich will ihre Pinke einstecken. Und ich bring's fertig.

– Solltest du das Geld lieben? fragt Philippe, im übrigen nicht einmal so unzufrieden diesen Zug meiner Natur sich abzeichnen zu sehen. Sofern das Spiel den wirklichen Charakter der Leute aufdeckt, und ich glaube es, mein Wort, liebst du das Geld Céline.

– Hängt davon ab welches.

– Oh nein das hängt gar nicht davon ab welches. Geld ist immer Geld. Es wäre eine Überraschung ...

So oder so jedenfalls habe ich mir mit diesem da endlich meine Hose bezahlt; ohnehin habe ich immer von »Notbehelfen« gelebt wie Philippe sagt; und nicht irgendwelche, so schöne, von einer Art Blau, nicht geradezu Kobalt, aus Seidenlastex, ganz toll, und Philippe hat nichts zu sagen gehabt, es erschien nicht auf den Abrechnungen. Es wäre ungerecht zu behaupten man habe nicht seine kleine Freuden. Natürlich kann ich sie nicht anziehen wenn man »ausgeht«. Wenn man ausgeht sind wir braven Weiber alle so ziemlich gleich angezogen. Außer daß ich noch nicht meine Pelzstola habe. Aber es ist wahr ich stehe erst am Anfang.

– Du wirst sie haben, sagt Julia. Wenn du jetzt schon anfängst ihn zu bearbeiten kannst du sie für's liebe Weihnachten im kommenden Jahr erwischen. Bei seiner Stellung kann Philippe nicht lange eine Frau ohne Nerz mit sich herumschleppen. Das gäbe Gerede.
– Ich pfeife auf den Nerz ich mag keinen.
– Na sag das nicht; sei nicht ungerecht. Das hat nur gute Eigenschaften so ein Nerz, er ist warm er ist leicht er ist schön er paßt zu jeder, und dann ist er haltbar. Im Fall des Falles kann er länger dauern als eine Heirat.
Wenn Julia da ist, geht es noch. Sie ist eine wirkliche Professionelle. Sie ist verheiratet weil sie nichts zu tun weiß und dabei stinkfaul ist. Ich mag sie gern: sie weiß wo sie steht. Ich mag die Leute gern die wissen wo sie stehen, sei es wo auch immer. Im Grunde und wenn man bedenkt was wir sind, die eine wie die andere, und ausgegangen von ganz verschiedenen Prinzipien, stellt sie sich viel weniger dumm an als ich.
– Warum hast du dich nicht als Hure etabliert?
– Zu ermüdend. Immer wieder Treppen steigen. Und dann stell dir mal vor wie oft am Tag? Mit Jean-Pierre komm ich mit ein oder zwei mal die Woche weg. Ein einziger Mann, das ist niemals so furchtbar arg.
– Du magst die Männer nicht?
– Finde mir welche, und dann werde ich es dir sagen. Mit dem was man so hat, sagt sie, und unterstreicht es mit einem Rundblick, wo soll ich da schon viel hin?

In der Tat, die letzten die ich erblickt habe, das war wohl scheint mir während der Hochzeitsreise. Im allgemeinen hüteten sie Vieh. Nicht daß ich eine perverse Vorliebe fürs Wilde hätte, aber man muß zugeben, daß die Männlichkeit im umgekehrten Verhältnis zur Verstädterung sich zu entwickeln scheint, so idiotisch, unbequem und im Grunde unlogisch das sein mag. Jedenfalls, da dort hab ich Männer gesehen; ich habe sogar Philippe darauf hingewiesen. In jener Zeit glaubte ich an Aufrichtigkeit innerhalb eines Paares. Ich habe eine ganz landläufige Bemerkung gemacht wegen eines Burschen auf einem Pferd, auch das Pferd war herrlich, ich glaube, ich habe beide miteinander verglichen. Das Ganze ging, wie man sieht, nicht sehr weit. Außerdem flitzten wir im Wagen mit achtzig Kilometern, Touristentempo, vorbei: Philippe hat es trotzdem nicht geschätzt.

– Warte lieber bis ich nicht dabei bin, sofern du dich nicht zurückhalten kannst. Es wäre rücksichtsvoller.

– Aber Philippe ... Ich springe ihn ja nicht an! Ich denke nicht einmal daran! Bei der Geschwindigkeit wärs ja auch nicht so leicht, ich bin kein Cowboy.

Aber auch der Spaß hat ihm nicht gepaßt, er fand ihn vulgär. Er haßt alles Ordinäre. Und dann sei die Spanne zwischen dem Gedanken und der getanen Tat recht schmal, hat er gefunden, halt die Gelegenheit. Oder? sagt er. Um ehrlich zu sein.

Um ehrlich zu sein, nun ja, im Falle günstiger Gelegenheit, allein, ledig, unbeschäftigt, der Wagen in Panne nehmen wir mal an, und das Pferd auch, da möchte ich nichts beschwören. Besonders wenn man nur eben vorbeikäme. Nur so lernt man wirklich die Länder kennen; so fasse ich das Reisen auf. Nicht die Hochzeitsreisen natürlich. Aber da sieht man es wieder, daß alles, wie Philippe sagt, auf die Umstände ankommt. Immerhin hatte ich, da zwischen getaner Tat und ungetaner denn doch der Unterschied besteht, daß nichts geschehen ist, gedacht, man könne sich drüber unterhalten.

– Also kann man nicht einmal mehr reden?

In der Literatur vielleicht, die ich gewohnt bin (er traut mir erstaunliche Lektüren zu, ich wüßte gern die Titel). Diese Literatur aber ist angekränkelt (Titel, Titel!). Und da du indirekt das Thema anzusteuern scheinst: es gibt nur eine Art von Treue: nicht einmal auf den Gedanken kommen, anderswohin zu blicken.

Ja das ist wohl wahr. So steht es im Evangelium. Ich versinke in Betrachtungen. Philippe, das ist ein ganz Starker. Er handhabt das Absolute wie einen Golfschläger. Danach bleibt einem nichts anderes mehr übrig als vollkommen zu sein, auf der Höhe so göttlicher Anforderungen. Ich frage mich, ob er das bedacht hat, was ihn betrifft. Aber er hat Glück: nicht in dieser Stadt, in diesem Milieu kann diese Art von Problemen brennend werden, wie es, mit anderen Worten, Julia dargetan hat. Die Kategorie mit der wir es zu tun haben, Maßanzug und Krawatte, Kleinkramjäger in den Revieren von Industrie und Staat, ist nicht von der Art, ununterdrückbare Gelüste zu erwecken. Was soll man anfangen mit einem

Jean-Pierre Bigeon, einem Hervé Benoît? Es sind Laternenmasten. Ein Hund mag ihnen ans Bein pissen, aber nicht eine Frau sie in ihr Bett träumen; obzwar diese Ahnungslosen sich ganz so aufführen, als wären sie des Gegenteils gewiß, worüber wir uns immer amüsieren. Wie Philippe so richtig sagt: nicht einmal der Gedanke an sie kommt einem, und, außer man leidet an chronischem Bovarysmus, was ein häufiger Fall ist aber nicht der meine, denn ich habe nichts an Neigungen versäumt vor meiner Ehe, so hat man keine Mühe, treu zu bleiben. Ich bin es. Nach Philippes evangelienhaftem Grundsatz hebe ich nicht einmal die Augen zu ihnen auf, es ist ganz als gäbe es sie nicht. Würde Philippe mit der Zeit ihnen nicht einigermaßen ähnlich, so wäre überhaupt kein Anlaß zu irgendwelcher Sorge.

Philippe übrigens ist mit dem Zustand ganz zufrieden. Daß es ihm gelungen ist, aus einer Landstreicherin wie mir, sozusagen im Straßengraben aufgelesen, auf einer Party das kommt aufs gleiche hinaus, daß es ihm gelang, daraus ein treues Weib zu machen, ist ein Triumph, den er seinen Verdiensten zuschreibt, dem unter anderen, mich alltäglich zu beglücken, jene drei Tage ausgenommen, an denen eine Frau unrein ist; genau genommen sind es jetzt vier, und ich habe das Gefühl, ich steuere auf fünf zu. Wie es so geht. Ich wüßte nicht zu sagen, warum. Das Leben wahrscheinlich.

– Du kannst auf sechs sieben kommen, ohne daß es unwahrscheinlich wird, zusätzlich der Migräne am Tag zuvor und der Ruhe am Tag nachher, sagt Julia.

Sie wissen, daß wir kränkliche Kinder sind es überrascht sie nicht, ich glaube sogar es ist ihnen ganz recht so.

– Philippe vielleicht nicht. Er braucht es alle Tage.

– Da hast du ihn schlecht erzogen.

– Was willst du denn, wenn man sich verliebt! Ich wollte mich denn doch nicht selbst kasteien. Und ich glaube, es liegt so in seiner Natur, im Grunde wär's ja eher eine gute Eigenschaft.

– In deiner Natur liegt es wohl auch, wenn ich recht verstehe.

– Ich weiß nicht. Soviel ist richtig, daß ich mich nie habe verkümmern lassen. Was denn, tut doch gut, die Liebe, oder?

– Ach, ich, weißt du, bin halb frigid.

– Aber das ist ja entsetzlich! Du solltest zum Arzt gehen! Zu einem Psychoanalytiker! So kannst du doch nicht bleiben, du Arme! Hör mal erzähl mir dein Leben ich werd das in Ordnung bringen im Grunde genügt ja ein bißchen gesunder Menschenverstand. Und du kannst die Arztbesuche auf die Rechnung setzen, da sparst du noch dabei . . .

– Ach das ist nicht der Mühe wert da ist nichts Geheimnisvolles dran: eines schönen Tages hat mich die Große Faulheit gepackt. Anfangs ging es noch, jedenfalls wenn ich auf einen traf, der nicht allzu ungeschickt war. Und dann plötzlich eines Tages war ich zu faul dazu. Da ist weiter nichts zu sagen. Ich nehme an, ich habe mich zu sehr dabei gelangweilt. Ich habe den Mut verloren.

– Na ja, wenn du dich langweilst. Um Spaß daran

zu haben muß man ein bißchen außer sich sein. Man ist ja keine Maschine.

– Außer sich. Du bist ja gut. Und du findest welche, Männer, die dich außer dich setzen?

– Nicht in diesem Milieu natürlich. Außer Philippe: er war mein erster Bourgeois. Sonst aber schon, manchmal. Hauptsächlich im Ausland. Jedenfalls, ich hab welche gefunden. Mag ja sein, daß ich in den meisten Fällen Nachtlichter für Laternen gehalten habe. Was willst du da machen ich wollte so sehr, daß sie Laternen seien. Leuchttürme! Beim geringsten Lichtschein stürze ich schon drauflos, voller Hoffnung. Im allgemeinen ist es eine optische Täuschung, ich stelle es später fest. Solange ich aber die Illusion festhalte, ist es halt wundervoll.

– Ja natürlich wenn alles auf deiner Einbildung beruht. Ich habe keine Einbildungskraft. Ich seh was ich sehe.

– Vielleicht. Aber sicher ist es nicht. Nicht alles beruht. Irgendwo gibt es doch irgendwas. Vielleicht in kleinen Stücken. Eins da, eins dort. Ganz kleine. Daher kommt es ja vielleicht, daß man sie sich massenweise zu Gemüte führen muß. Vielleicht gibt es im Leben nur kleine Stückchen. Die Vollkommenheit ist dem Himmel vorbehalten.

– Jetzt glaubst du auch noch an Gott?

– Nicht doch, ich versuche zu übersetzen. Und wenn es nur Stücke gäbe? vielleicht muß man es so nehmen, und ich weiß es nicht. Ganz gewiß weiß ich es nicht, ich bin kein Weiser. Jedesmal geht es damit an, daß ich denke, die Sache ist komplett. Vielleicht bedarf es dieser Illusion; es hilft. Ich vermische mit anderen Dingen, mit der Landschaft, dem Wetter, wie es gerade ist, mit einem Lied, das man im Augenblick spielt. Am Ende ergibt es ein Ganzes. Das Ganze ist voller Geheimnis. Einmal hab ich den Mond geliebt.

– Vielleicht auch warst du ganz und gar verrückt.

– Gewiß, ich rede Blödsinn. Aber bitte, lach, wenn du magst, du bist frigid und ich nicht, wer ist da verrückt? Außerdem nein und wieder nein ich bin nicht verrückt. Ich bin's, die recht hat: ist was Schönes, der Mond. Verrückt, wer es nicht weiß.

– Und Philippe, was war der? Der Planet Mars?

– Ich weiß es bei Gott nicht. Es war früh am Morgen; er hat mich aus einer bordellhaften Party herausgeholt, mich in seinen Wagen gesteckt und auf eine Wiese geworfen ...

– Er hat dich für eine Kuh gehalten?

– Die Sonne ging auf.

– Ich verstehe.

– Die Luft war kühl und klar.

– Der Weg bereitet.

– Der Weg zum Karmel.

– Wie bitte?

– Zum Karmel und nach Damaskus, in einem. Er hat zu mir gesagt: ist das nicht ein Unterschied zu da drüben? er meinte den Betrieb aus dem wir kamen; den ganzen Abend hatte er mich nicht aus den Augen gelassen. Er hat zu mir gesagt: und das befriedigt Sie, das Alles? er meinte: die Ausschweifung. »In Ihrem tiefsten Innern, befriedigt Sie das?« In meinem tiefsten Innern, beim Morgengrauen, besoffen, stell dir vor. Er hat mich gefragt: »Sind Sie glücklich, auf solche Weise?«

– Und jetzt bist du glücklich? fragt Julia.

Man wird aufgefordert alles auf- und sich hinzugeben, und man findet sich wieder als Hausverwalter. Es ist wahr, auch im Karmel hat man sich herzhaft an niedere Arbeiten zu machen, die auch noch fröhlichen Herzens hinzunehmen sind, zur größeren Ehre Gottes. Amen.

Ich bin brav gewesen wie ein Bildnis, Gott ist mein Zeuge. Ich habe alles getan was er wollte. Ich habe mich haargenau nach den Ansprüchen gerichtet. Wenn es geschehen ist daß ich in einer Periode der Anpassung mich widerspenstig gezeigt habe, habe ich doch jedesmal am Ende kapituliert. Und jetzt widerspreche ich nicht mehr. Ich führe durch. Daß jene, die nicht gefallen sind, den ersten Stein auf mich werfen. Alles was er will, bekommt er. Alles was er von einer Frau, einer wirklichen, erwartet, von der Absoluten und Rückhaltlosen Liebe, das hat er. Die Socken sind gewaschen, die Kragen sind, oder sind nicht, gestärkt. Die schwarzen Schuhe sind schwarz. Es gibt keine Flecken auf den Anzügen. Das Papier im Klo wird nach Bedarf erneuert. Wenn er heim-

kommt, ist der Tisch gedeckt. Das Haushaltsbuch wird geführt. Ich stehe mit ihm auf und bespreche das Programm des Tages. Es gibt alle Tage ein Menu, das auf seinen Geschmack und dessen Änderungen Rücksicht nimmt. Ich lade Leute zum Essen ein. Meine Küche ist bekannt gut: da ich ja nicht bei den Bourgeois aufgezogen bin, weiß ich was das heißt, essen wollen, und wenn ich den Leuten zu essen gebe, dann gebe ich ihnen zu essen. Nachher können sie sich nicht mehr weiter schleppen und am Tag darauf haben sie Leberkoliken. Ich habe Juana die französische Küche beigebracht, zu welchem Ende ich mir die Mühe genommen habe, Spanisch zu lernen und jetzt spreche ich es tatsächlich, eine Errungenschaft, die nie umsonst ist und es hört sich toll an wenn ich Anordnungen gebe. Da ich im übrigen auch überlege, kommt es zu Resultaten, bei einem Belgier zum Beispiel werde ich niemals verfehlen, zum Gemüse hinzu auch Kartoffeln auf den Tisch zu bringen, ein Italiener wird seinen Parmesan-Käse bekommen und seine Zahnstocher; und so weiter; Philippe empfängt viel im angrenzenden Gebiet, Kleineuropa Gemeinsamer Markt e tutti quanti. Was die ständigen Freunde anbelangt so weiß ich noch was sie mögen, was sie nicht mögen, wenn's einen Irrtum gibt dann ist es immer mit Absicht.
Die Schwiegereltern sind von ihrer Voreingenommenheit völlig abgekommen. Ich nenne sie Mutter Vater Schwiegermama Schwiegerpapa mindestens dreimal in jedem Satz, ich tue nichts halb, einziges Mittel an den Dingen Spaß zu finden, also halt so

viel Spaß als in ihnen allenfalls drin ist, ist, sie gründlich zu tun. Ich mache Konversation: ich sage ja ja ganz gewiß. Ich schiebe die Aschenbecher an die Sessel, ich zünde Zigaretten an (wird sehr geschätzt), nicht eine entgeht mir, eine Zigarette taucht auf und hop bin ich schon da mit dem brennenden Feuerzeug. Ich glaube ich könnte nunmehr einen Revolver so rasch ziehen wie die Wildwesthelden. Ich lasse die Schüsseln dreimal auftragen, immer schön voll (was an Futter zum Fenster hinausgeworfen wird in diesem Laden ist ein Skandal, ich müßte eine Volksküche eröffnen an der Personaltreppe, wenn ich ein bißchen Herz hätte). Ich achte darauf, daß die Becher immer gefüllt werden, niemals bleibt ein Glas leer in meinem Gesichtsfeld, ich habe eine Bar fast wie bei Harry's, ich lasse meine Gäste vollaufen wie Schläuche, eine wahre kleine Geisha. Es gibt keinen Mittelweg. Zum Apéritif wird bei mir nicht nur Olive serviert, auch Wurst in mehreren Arten, auch Krevetten und daraufhin Fingerschalen, und wenn ich ein bißchen widerborstig bin auch Kaviar. Philippe sieht das nicht ohne Schmerz, aber die Leute sind so geblendet, daß er sich tröstet. Manchmal hole ich Kerzen heraus, das tropft das stinkt das flimmert aber sie lieben sie so sehr, die alte gute Zeit. Ich zögere nicht, auf gesticktem Tischtuch auvergnatischen Eintopf oder Hammel und Bohnen zu servieren, was sie woanders zu essen so selten Gelegenheit haben. Eintopf mit Kerzen, das ist schick. Es paßt ihnen. Während sie sich vollstopfen spielt ihnen der Plattenwechsler leise eine vorab zusammengestellte

Tischmusik vor, Suite pour les Dîners du Roy das ist wohl das Mindeste oder die Petits Riens, manchmal mit einem kleinen Mißgriff, einer Platte die sich eingeschlichen hat, Mingus oder Mandalay Song oder Mon Berger Fidèle, einmal haben sie das Rote Plakat bekommen das gab eine kleine Abkühlung. Nachher haben sie die Auswahl unter allen Abarten von Whisky. Man muß vollkommen sein oder es ist nicht der Mühe wert. Ich gehe von einem zum anderen, ich entfalte mich; ich halte nicht inne. Im übrigen, was täte ich, wenn ich innehielte? Auf solche Weise bin ich wenigstens beschäftigt, die Zeit vergeht, der Abend geht zu Ende.
Ist es vorbei fühle ich mich rechtschaffen müde, besonders in den Beinen wenn ich die ganze Zeit gestanden bin. Philippe nimmt mich in seine Arme, er ist zufrieden, er wiederholt mir die tausend Komplimente, die er über seine Frau erhalten hat und Gott weiß daß sie mir zu Herzen gehen, ich beweise höchstes Feingefühl, es kommen mir reizende Gedanken, ich gebe mir so viel Mühe, ich wache über allem. Wer mag eine tugendhafte Frau finden? Das Herz ihres Gatten vertraut ihr, Sie tut ihm Gutes und nichts Böses, Alle Tage seines Lebens. Sie arbeitet mit fröhlicher Hand. Sie ist wie ein Handelsschiff. Ihr Gemahl ist angesehen an den Toren der Stadt. Sie ist angetan mit Kraft und mit Ehre, und sie sorgt sich nicht um die Zukunft ...
... Die Anmut ist trügerisch, und die Schönheit ist vergeblich.
Er spürt wie sie dahingehen, seine Diners, Philippe;

ich schenke ihm nichts; aber wie denn: es trägt ja ein. Das sind keine Ausgaben es sind Anlagen. Übrigens kann er es ja wiederfinden, sein Geld, es steht im Haushaltsbuch inclusive Kerzen.

Ich sage nicht mehr Merde in der Öffentlichkeit. Ist ja wahr, wozu schon? Im übrigen rede ich wenig, ich spreche meine Gedanken nicht aus; genau genommen es kommen mir keine. Ich bin höflich freundlich sanft – wie sanft Ihre Frau ist! Es fehlt mir vielleicht ein bißchen an Brillanz aber man kann nicht alles haben. Und es stört nicht, zum Reden sind die andern da. Ich bins nicht mehr gewohnt; die Gewohnheit verliert man rasch. Ich höre zu, ich höre zu, aber wie soll ich sagen? mit meinem dritten Ohr. Es ist mir gewachsen, mit einem Mal. Nicht was sie sagen (was niemals, niemals auch nur vom geringsten Interesse ist) sondern wie sie es sagen. Der Rhythmus. Der Klang. Es ist erstaunlich. Es ist viel interessanter. Nehmen wir an, der eine sagt Weiß (gleichgültig zu welchem Thema, ein Film, die Russen, das ist nicht die Frage); der andre sagt Schwarz. Weiß spricht, Schwarz wartet; nicht auf den Schluß: auf eine Lücke, dann stürzt er hinein, bläst seinen Satz auf. Weiß hört nicht zu: er beobachtet Schwarz, um den Augenblick nicht zu verpassen, in dem der eine Lücke lassen wird, sei es, daß er sich eine Zigarette anzünde oder einen Schluck trinke, um nun seinerseits hineinzustoßen und drauflos zu reden; er hört sehr wohl, was er selbst sagt; Schwarz aber, während dieser Zeit, wartet ab. Meist sind sie zu mehreren über dem selben Knochen, dann dringen sie alle zu-

sammen in jede Lücke und es gibt ein Gezwitscher wie bei einer Spatzenhochzeit, bis der eine von ihnen die Oberhand behält. Und alle ihre Sätze beginnen mit: Ich Persönlich.
Beispiel: »Ich Persönlich finde den Victory den besten Wagen, der momentan auf dem Markt ist, sagt Jean-Pierre Bigeon, der im übrigen nichts anderes zu sagen weiß. Seine Kompression ...« – für die Folge und die genauen Einzelheiten ziehe man den Prospekt der Marke zu Rate. Das Bemerkenswerte nämlich ist, daß sie, kaum ist das Ich Persönlich untergebracht, Wort für Wort wiederholen, was sie draußen aufgelesen haben, Inhalt, Satzbau und Wortschatz. Alles was sie zu eigen haben ist das Ich Persönlich, das übrige ist nichts als Wiedergabe. In dem Ich Persönlich steckt der ganze Originalbeitrag, die ganze seelische Ladung. Den Text mitanzuhören, lohnt die Mühe nicht; was hingegen Aufmerksamkeit verdient, ist der Ton: da ist alles Nerven, abgedrosselt, irgendwie irgendwo verklemmt; ohne Dichte; es entfahren ihnen gelegentlich Schärfen, vor denen Tiere fliehen würden. Da aber niemand zuhört, flieht niemand. Wenn sie, statt dazusitzen und frenetisch zu versuchen, an den Spucknapf zu gelangen, ihr Ohr nur dem Klang liehen, kämen sie sicherlich zu den gleichen Beobachtungen wie ich, sie sind wirklich elementar es genügt dazu, nicht taub zu sein; und nachher könnten sie nicht mehr in dieses Hornissennest zurück. Ich jedenfalls kann es nicht. Mir ist es vergangen. Ich habe Abstand gewonnen – oh, nicht so sehr viel, es sieht aus, als wäre ich zur

Stelle – aber er ist von nun an unüberbrückbar. Eine dünne durchsichtige Wand trennt uns. Ich weiß nicht, woraus sie besteht: durch eine kleine Rückzugsbewegung, eine unmerkliche, die ich eines Tages machte, habe ich sie entstehen lassen; seitdem sind sie für mich wie in einem Aquarium.

Wie einer Vorgeburtswelt entsinne ich mich der Zeit, als ich mit ihnen wuselte, hingegeben meinem Zorn und vergeblichen Verwünschungen. Ich könnte es nicht mehr, selbst wenn ich wollte. Sie sind wie Bilder, die auf einem Bildschirm erscheinen, und ihre Worte erreichen mich, der Stimme der Delphine gleich, auf dem Umweg über ein gesondertes Band. Zwei Welten ohne inneren Zusammenhang: in der einen ist man im Zustand der Hypnose; in der anderen ist man wach. Allem Anschein nach, der Unruhe der Körper, der Erregtheit der Stimmen, sind sie es, die wach sind, und ich, die stumme und reglose, bin es, die schläft. Übrigens fühle ich es sehr wohl, daß ich schlafe. Mir scheint, ich bin schizophren geworden. Aber möge der Teufel mir das Herz versengen, die wirklich Verrückten, das sind sie!

Auf jeden Fall ruh ich mich aus, auf diese Weise; wendet man sich mir zu, so antworte ich immer ja ja; das klappt immer; sie hören so oder so nicht hin. Meine Meinung, wen kümmert die? Und ich selber, was soll ich schon mit Meinungen? Man kommt sehr gut ohne aus. Ich glaube, ich habe keine mehr. Bah bah bah. Wieviel Stückchen Zucker. Damit sind sie zufrieden. Philippe ist zufrieden.

In Wahrheit ist noch nicht alles tadellos, ich tue nur

widerwillig mit bei der gemeinsamen Aufstellung der Steuererklärung; ich beantworte Briefe nicht rechtzeitig, lasse Glückwunschkarten herumliegen, die oder jene Rechnung; ich vergesse, Kleinigkeiten zu kaufen, deren Er bedarf, ich ordne nicht je nach Eingang die das Haus betreffenden Papiere in die zu diesem Zweck bestimmte Mappe mit Unterabteilungen, die Er doch gerade beschafft hat, um es mir zu erleichtern, noch gibt es bei mir Nachlässigkeiten, noch Schwächen, die, wiederholen sie sich zu oft, Ihm auf die Nerven gehen, Er ist gezwungen, mich darauf anzusprechen, das ist ermüdend für Ihn, der ohnehin viel zu tun hat – aber schließlich und endlich werden wir's noch dahin bringen, auch das wird am Ende in Ordnung kommen, wird sich geben; so wie alles andere.

Immer besser organisiere ich mein Leben. Ich erreiche es sogar, Zeit für mich selbst zu erübrigen. Gut, aber was soll ich damit anfangen? Ich weiß es nicht. Ich öffne die Tür zum Gästezimmer: es ist leer.

Ich habe keine Träume mehr. Oder ist es so, daß ich mich ihrer nur nicht mehr erinnere? Ich bin ganz durchsichtig. Ich habe wohl kein Unterbewußtsein mehr. Ich rufe: kein Echo. Ich gehe durchs Apartment, Living room, vier Zimmer, zusätzliche Räume, ich sehe nach, ob nichts hapert da oder dort. Ich halte Nachlese. Gästezimmer, niemand. Leise schließe ich wieder die Tür. Ich mache wenig Lärm. Ich liebe Lärm nicht. Geh ich die Korridore entlang, so verfolgt mich in den Spiegeln mein Schatten: wer ist das? Ich mag diese Dame nicht, die da vorüber geht, deren glattes blasses Gesicht Abwesenheit widerspiegelt. Ich meide sie. Ich will ihr nicht gegenüberstehen. Gestatten Sie, Gnädige Frau, meine verbindlichsten Empfehlungen. Laßt uns fliehen. Lesen, aber was? Ach das Fleisch ist traurig – ah nein, das ist von einem, den ich hasse. Haßte. Ich weiß nicht mehr wer. Ich weiß nur mehr, daß ich ihn haßte, und im besonderen eben diesen Satz. Mit diesem Satz da konnte ich nichts anfangen. Wer ich? Jetzt-Ich schläft über den ersten Seiten der Bücher ein; schließlich auch nur gedruckte Buchstaben. Das Telefon weckt mich, es ist Loula, die einen neuen Masseur gefunden hat, mit tollen Händen, es ist Elisabeth, ihr Sprößling hat die Masern, es ist Minou, ob ich mit ihr zu dieser ganz außergewöhnlichen Kartenschlägerin gehen will? ich gehe; ich mag Kartenschlägerinnen, sie sagen so Sachen: Ich Sehe Sie kaum ... wie merkwürdig ... Sie zeigen sich nicht ... Noch nie hab ich eine so leere Karte gesehen ... Ich Sehe absolut Nichts. Oder es ist Schwiegermama die einen Tee gibt, ebenso gern das wie irgendwas anderes nicht wahr. Am schulfreien Donnerstag ist es Stéphanie, sie will einen Mickey-Film sehen, nur schnell hin; aber es gibt nur einen Donnerstag jede Woche; und was Stéphanie betrifft, so scheint mir, ich enttäusche sie; es sieht so aus, als erwarte sie etwas von mir, was nicht kommt. Ich glaube, ich langweile sie ein wenig. Nein, ich habe mich auch nicht mehr betrunken; der Whisky schmeckt bitter; die Marke, die ich liebte, ist offenbar vom Markt verschwunden, ohne daß ich davon erfuhr. Wenn ich welchen trinke

schlafe ich ein. Es ist erst vier Uhr? Ich dachte sechs, und Philippe würde heimkommen, heute Abend haben wir Gäste was werd ich anziehen? interessante Meditation, doch ist es noch zu früh. Eine Platte auflegen. Aber welche. Also los welche. Auf Musik muß man Lust haben. Man hört Musik nicht einfach weil man es beschlossen hat. Ist offenbar nicht ein Zeitvertreib. Ich hab versucht: nichts als Töne. In der Schule hat man mir beigebracht, es handle sich da um Luftschwingungen, wie wahr.
Noch erinnere ich mich, wie ich sechs Mal hintereinander diese Art Sinfonia von Vivaldi auflegte, diese mißratene Platte die mitten drin einen Kratzer hatte. Und das dritte Stück aus »Leçon de Ténèbres«. Und die wahre Krise mit dem »Roten Plakat«, pausenlos legte man es immer wieder auf. Ist was Merkwürdiges die Musik. Das packt einen wie jeweils eine Sucht. In jener Zeit spielte ich eine Platte binnen einer Woche kaputt. Die Süchte von einst, wo sind sie. Hier pflegt man Platten. In ein Möbelstück sind sie eingesperrt. Wegen dem Staub. Ist ja richtig, daß Staub schlecht ist für die Platten, und die Dinge sind dazu da, daß sie sich erhalten und nicht um sich abzunutzen. Aber man gehe einmal Platten suchen in einem Schrank! Man muß ihn öffnen, usw. Platten müssen zur Hand sein. Wo sind sie denn, meine alten von früher? Geordnet, zwischen den anderen. Ich müßte sie getrennt unterbringen, um sie immer sofort wieder zu finden. Die alten Süchte freilich, wo fände ich die wieder? Nein, da ist nichts in dem ganzen Haufen, was mir zusagen könnte; und doch

ist einfach alles da. Sammlung Archiv Gesamtwerk von. Allein den Namen Beethoven sehen bringt mich schon um; und in diesem verfluchten Laden gibt es eine Menge Langspielplatten mit mehreren Komponisten auf der gleichen Seite; und da, da kann ich eine solche Wut kriegen daß ich sie am liebsten zerbräche wenn es nicht unzerbrechlich wäre, dieses Dreckszeug. Äußerstenfalls daß man sie verbiegen kann. Natürlich sind es Philippes Platten, mit mehreren Komponisten. Und warum sollten die Fabrikanten es sich auch versagen, mehrere Komponisten aneinander zu kleben, da es Kitschmenschen gibt die sie kaufen. Man kann von ihnen auch nicht verlangen, daß sie Heilige sein sollen, die Fabrikanten. Beruhig dich meine Kleine, du wirst heut Abend Kopfweh haben. Jedes Mal daß ich eine Wut kriege hab ich abends Kopfweh, der Arzt hatte mich wohl gewarnt, daß es dahin kommen werde. Ich habe jetzt Pillen, die ich nehmen muß, beruhigende; und aufmunternde, damit die beruhigenden mich nicht allzu sehr beruhigen. Außerdem einiges Zeug, damit die beiden nicht meine Leber belasten. Anscheinend habe ich neuerdings eine Leber. Wie Philippe. Der Arzt hat sie entdeckt. Philippe hat triumphiert: er war dessen sicher, trotz meinem Leugnen. Bei dem Leben, das ich in meiner Jugend geführt habe. Jetzt führ ich ein normales Leben. Deswegen pflegt man mich ja auch.
Und bin ich nun glücklich, auf diese Weise? Philippe hat mich nicht wieder danach gefragt.
Und was tut man jetzt? Man ist glücklich, ich sehe

nichts anderes, was zu tun wäre. Man ist glücklich und na also. Na also. Na also. Na also. Na also ... Man hat alles, was man braucht. Zunächst mal habe ich ihn, Ihn. Ich habe sogar einen Nerz. Und nicht eine Stola, bitte sehr, geradenwegs den Mantel. Seien wir gerecht, er steht mir. Die anderen haben es wohl gemerkt, ich hab's den Gesichtern angesehen, und in der Folge hat es furchtbare Offensive gegeben in den Hausständen.

Jahrestag der Hochzeit. Pelzhochzeit, die Fabrikanten sollten das einführen ich bin gewiß es wäre ein Geschäft, ich werd mir die Idee patentieren lassen. Sie haben schon den obligatorischen Weihnachtsmann, Muttertage, Vatertage, aber es ist noch Raum. Jetzt muß ich, Julia zufolge, meine Perlen haben. Perlhochzeit.

Auch war ich ja so brav, so brav. Ich hab es wohl verdient. Hab keinen einzigen Mann mehr angesehen, seitdem ich verheiratet bin, nun ja, seit jenem Burschen da zu Pferd; wer kann ähnliches von sich behaupten? Nicht einen Mann. Nie eine unziemliche Geste, nie ein gerader Blick; immer von der Seite. Ich bin ganz abgestumpft. An Männer denk ich überhaupt nicht mehr. Aus dem Sinn. Weiß gar nicht mehr, was das ist. Selbst wenn man in Rechnung stellt, daß auf dem Markt Produkte zufriedenstellender Qualität fehlen, – denn immerhin, andere kommen ja damit zurecht, und ich bin sicher, im Grunde hätt ich welche entdecken können, zumindest einen oder zwei, notfalls auf der Straße, in einem andern Viertel, wenn ich richtig gesucht hätte.

Ich habe nicht gesucht. Hab keine Lust. Pfeif drauf. Nichts rührt sich da drinnen, keine Begeisterung meldet sich, keine Erhöhung der Temperatur, nichts. Ich versteh nicht einmal mehr die schweinischen Geschichten, die sich unsere Herren auf den Abendgesellschaften erzählen; allerdings passe ich ja nie auf, was sie sagen, aber am Klang der Stimme (öliger, obzwar immer noch ohne Substanz) erkenne ich schon, daß es schweinische Geschichten sind. Und alles was ich dazu zu sagen habe ist, daß sie, die so herumreiten auf ihrer Moral, sich nicht so gehen lassen sollten vor den Damen, die schwache Geschöpfe sind und die sich versucht fühlen könnten. Zwar ich gewiß nicht. Ich habe nichts zwischen den Beinen offenbar. Weg, entflogen kleiner Vogel, bye bye. Vielleicht bin ich zugeschüttet?
Neulich sah ich in der Metro ein Paar, das sich küßte. Aus vollem Mund. Man sah alles. Ich habe sogar gefunden, man sehe zuviel, ich war schockiert. Ich habe mir gesagt: aber warum tun sie denn das alles, was finden sie daran? Es half nichts, daß ich mich erinnerte, ich selbst, die ich hier in der Metro war, hatte es ohne jeglichen Zweifel einst getan, und ganz so ohne alle Scham und mit Inbrunst und mit Gleichgültigkeit gegen die Außenwelt, ich weiß nicht mehr mit wem aber ich hatte es getan, und diese Verständnislosigkeit bei mir war durchaus befremdend, ich hatte kein Recht dazu – nichts zu machen, es gelang mir nicht, mir vorzustellen, was man daran finden könne. Ich schäme mich es zu sagen, aber ich fand es geradezu widerlich, diese Münder, die sich ver-

mischen. Ich habe mir gesagt, es müsse das Alter sein, ich gehe bald in die dreißig, und daß ich darauf achten müsse, mich denn doch nicht zum alten Weib zu entwickeln, versuchen müsse, weitherzig zu bleiben, verständnisvoll für die Jugend. Tatsächlich, Kuß auf den Mund, das war mir vergangen, das war eine Sache, die ich nicht mehr begriff. Und da soll es einen nach einem Mann verlangen! Mein Ruf war klar und fest begründet. Die treue Madame Aignan, das war ich. Philippe kann, und er tut es, stolz eine glatte Stirn tragen, ohne daß es ihn in unser aller Augen so lächerlich mache wie Jean-Marc oder Hervé, oder sogar Jean-Pierre, den Julia einmal betrogen hat, des Prinzips halber. Ich hab nicht einmal ein Prinzip. Ich habe genau gar nichts. Solche, denen es derart an Unterscheidungsvermögen fehlte, daß sie es doch versuchten, haben mir nichts weiter als eine gute Gelegenheit geliefert, mich über sie lustig zu machen, nach dem Thema Sie haben sich wohl nicht recht betrachtet, das mir schon lange am Herzen lag. Sie sind wunderbar. Und von einem Feingefühl! Und bescheiden! Sie sagen: »eine« Frau kann nicht treu bleiben was denn; Sie sind doch schließlich nicht aus Holz, na also? »eine« Frau kann nicht immer Widerstand leisten. Darauf ich: fragt sich, gegen was. Gegen einen Mann vielleicht nicht; aber Sie! Kommen Sie, »Sie haben sich wohl nicht recht betrachtet!« Sie glauben, man könne an Sex denken, wenn man Sie ansieht. An Rechnungen denkt man, wenn man Sie ansieht, lieber Freund. Ich habe sogar Jean-Pierre, der sich erregte (Warum? Ich habe nichts Erregendes an mir und ich weiß, was es damit auf sich hat. Hatten sie unter sich gewettet, daß der stolze Philippe, der ihnen wahrscheinlich am Ende auf die Nerven ging im Lauf dieser ihrer Unterhaltungen, mit seiner schönen ehemännlichen Sicherheit und ich was Frauen betrifft da weiß ich was zu tun ist usw. ... ebenso dran werde glauben müssen wie sie?) also den Jean-Pierre habe ich vor einen Standspiegel geführt und einer kleinen Besichtigung unterzogen. Da ich außerdem über ein paar Einzelheiten im Bilde war, die im Spiegel nicht zu sehen waren (die Unterhaltungen zwischen Julia und mir sind eher wissenschaftlicher Art, wir geben uns nicht mit Lyrismen ab), so leistete ich mir ein paar unangenehme Anspielungen, in Frageform, um meine Quelle nicht preiszugeben. Woraufhin, wie man sich wohl denken kann, der gute Mann entschwand; dafür, in wilde Flucht zu schlagen, bin ich immer mindestens ebenso begabt gewesen wie für's Gegenteil. Nachdem ich ihm das Geständnis entlockt hatte, es handle sich in der Tat um eine Wette, habe ich ihm klargemacht, wenn ich Philippe nicht betrügen wolle, dann einfach, weil es sich nicht lohne. Es soll jeder wissen, wo er hingehört. Auf jeden Fall habe ich viel mehr – Lustgewinn davon gehabt als wenn ich ja gesagt hätte. Was Hervé anlangt der ja ein Trottel ist so hab ich ihm ohne viel Worte einen alsbaldigen Treff in einer Bar an der Madeleine verpaßt, zwei Schritte von jenen Stundenhotels deren eines er sich schon triumphierend betreten sah, und habe Philippe hingeschickt, zwecks besserer Unterrichtung über die

Ehrenhaftigkeit seines guten Freundes Benoît. Sie haben sich verkracht und ich bin gleichzeitig Loula losgeworden, ich hatte genug von ihren Zweistundentelefonaten, ihren Masseuren und ihren drei Bälgern. Man soll nie eine Gelegenheit versäumen sich einen Spaß zu machen so viele gibt es nicht.

Was Jean-Pierre betrifft so hab ich nichts gepetzt. Nicht daß er weniger unerträglich wäre aber ich mag Julia gern. Ihr natürlich hab ich alles erzählt, wir sind es gewohnt, diese Fragen unter uns zu bereden. Stunden bringen wir mit Schwätzen über Mannsleute zu, und nicht unterm Gesichtswinkel der Gefühle; noch der Schweinigelei. Sagen wir: Verhaltensanalyse, präzis und wissenschaftlich. Ich trage mich übrigens mit der Absicht, eine Abhandlung zu schreiben. Früher einmal habe ich Ethnologie-Studien unternommen. Sie haben mich ein wenig enttäuscht. Das Programm enthält Lücken. Es sieht vor, die Sitten wilder Völkerschaften zu untersuchen, aber da wäre eine, von der nicht die Rede ist: die sogenannte weiße angeblich zivilisierte Rasse. Die man »entwickelt« nennt; sieh mal an. Ihr gedenke ich mich zu widmen. Ich werde der Malinowsky der Westlichen Welt sein. Ein noch unbeackertes Wissensgebiet, und das es nötig hat. Denn schließlich wo bleibt da alle Billigkeit wenn die ganze Welt das Recht hat, nur eben durch Aufschlagen eines Buches zu erfahren, wie die guten Melanesier es mit dem Lieben halten, während das Verfahren des Westlichen Weißen nur durch Casanovas Memoiren bekannt ist, und durch postalkoholisches Geprahle; welch letzteres übrigens immer

nur die Quantität betrifft, gänzlich uninteressantes Phänomen, und den qualitativen Aspekt ganz beiseite läßt, wovon hierzulande kaum der Begriff bekannt zu sein scheint. Schließlich bin ich kompetent, ich habe Musterbeispiele aus nächster Nähe besehen, und in vivo. Wenn Julia und ich zusammenlegen, kommen wir schon zu einer schätzbaren Summe von Beobachtungen, die mindestens jenen Durchschnittswerten gleichkommt, auf die die Experten sich stützen. Notfalls würden wir seriöse Enquêten zur Ergänzung heranziehen, für die wir Wahrhaftigkeitstests parat halten. Ich mache mir Notizen. Wir haben unsern Spaß. Mit Julia lebe ich ein wenig auf. Eines Tages bin ich sogar auferstanden. Es war heiß und wir hatten eben geduscht, schön ungestört bei ihr zu Hause. Wir haben Lust bekommen, uns Vergnügen zu machen. Wir haben's gemacht. Einfach so. Um des Vergnügens willen.
Ist das nicht netter als ganz allein? Und denn doch so viel besser.
Du lieber Gott. Ich hatte völlig vergessen.

Ich habe mich im Spiegel besehen. Ich habe mich sofort wiedererkannt. Das bin ich, die da. Ich! Ich! Wo war ich denn gewesen? Wohin war ich verschwunden? Wer ist jene andere, die in den Korridoren der Wohnung umherirrt, dort drüben in der rue de la Pompe?
Das ist Madame Philippe Aignan.

Die darauffolgende Woche sind wir in Ferien gefahren, jeder »Hausstand« für sich. Zum guten Glück, in einem Sinn: wir begannen Geschmack daran zu finden. Da gab es nichts als gemeinsame Besorgungen in den Läden, Kleider die zu ändern waren, angeblich wurde Ordnung gemacht, das ist ja bekannt wenn die Ferien nahen gibt es zwangsläufig einen Haufen Vorbereitungen, man steckt in der Arbeit bis über den Kopf. Eine überbordende Tätigkeit herrschte in den beiden Hausständen, die Ehegatten waren ganz gerührt. Und wie guter Laune waren die Ehefrauen abends! Denn außerdem fanden wir den Spaß nicht schlecht: »Ich habe den Nachmittag mit Julia verbracht« – und es war nicht einmal ein Alibi!

Ich fahre los, voller Schwung und Feuer. Einiges fehlt ja noch aber ich fühle mich doch leben. Ich singe. Seit wann habe ich nicht mehr gesungen. Überrascht sieht mich Philippe an: er hat mich nie gehört, es scheint ja, ich habe eine Stimme. Das Wetter ist schön. Auch Philippe ist froh, aus anderen Gründen,

er hat seinen 508 mit Schiebedach auf den er so sehr wartete seit dem Automobilsalon, alle Vorteile eines Sportwagens ohne die Nachteile, vier verstellbare Sitze man kann drin schlafen braucht keinen Anhänger (Gott sei gelobt) automatische Scheibenwaschanlage vier Schubfächer air conditionned künstliche Atmung Handschuhbox Musikbox Notausgang Aufzug was weiß ich noch voller Nickelknöpfe und außerdem läuft er. Philippes Freude ist doppelt denn der andere, Jean-Pierre, hat seinen Victory Grand Sport noch nicht 220 Stundenkilometer tausend Brems-PS ich bitte um Entschuldigung wenn ich mich täusche er hat uns so die Ohren voll gesungen daß ich mildernde Umstände habe. Unterdessen ist Philippe in dem seinen der Fürst der Straße. Denn es gibt noch nicht viele die diesen da schon haben, auf fünfhundert Kilometern sind wir erst einem begegnet da sind ihm die Gesichtszüge eine Spur entgleist. Von Kühnheit gepackt, oder vielleicht auch angesteckt nach so viel pausenlosem Lob seit der Abfahrt, man ist ja nicht aus Holz, bitte ich ihn mich den Wagen einmal versuchen zu lassen.
Es ist lange her daß ich derlei Begehren geäußert habe. Seit mir beim anderen einmal die Gänge knirschten, ich kam aus dem englischen von Thomas wo sie anders angeordnet sind. Danach hatte ich es nicht mehr gewagt wieder damit anzufangen, er hatte so sehr gelitten, der Ärmste. Aber heute bin ich guter Laune.
– Nein. Du wirst ihn mir kaputt machen. Einen neuen Wagen.

Zweiter Anlauf:
– Man muß ihn ja erst einfahren.
Er lügt, denn eingefahren hat er ihn auf Teufel komm raus auf der Autobahn noch vor der Reise.
– Was denn, fünfzehnhundert, das reicht ihm doch.
– Nicht einem Wagen wie diesem hier.
– Aber ich weiß doch wie man einen Wagen einfährt, das ist ja keine Hexerei.
– Man muß das Gefühl für den Motor haben. Du bist es nicht gewohnt.
– Auf die Weise krieg ich die Gewohnheit nie.
– Ich bin nicht darauf aus, daß du sie mit meinem Wagen bekommst. Herzlichen Dank.
Fünfzehnhundert. Siebzehnhundert. Er ist immer besser eingefahren.
– Also dann kauf mir halt einen.
– Ich dachte du verachtest die Wagen?
Er verwechselt; was ich verachte, sind die Männer, die dauernd davon reden. Mit Absicht verwechselt er, natürlich. Achtzehnhundert. Er scharrt sie sich zusammen.
– Ich fahre nicht rasch.
– Damit wir Zeit verlieren?
– Zeit haben wir ja!
– Das ist doch kein Grund.
Zweitausend. Wenn's eine Atomanlage wäre, meinetwegen, dann verstünde ich noch, daß er nicht will, daß ich dran rühre. Aber ein einfaches Auto. Schlimmstenfalls läßt man es halt reparieren.
– Du redest so sehr davon wie solid er ist: er wird mich schon verkraften.

– Was hast du denn auf einmal Céline? Niemals habe ich dich so launenhaft gesehen!
– Launenhaft, wenn ich schon einmal Lust auf etwas habe. So oft passiert das ja nicht.
Zweitausendeinhundert, zweihundert, zweihundertfünfzig.
– Laß mich mal fahren, Philippe.
– Du bist eigensinnig.
– Eigensinnig ist gut: ich hätte Lust zu fahren und ich tu es nicht, wie soll es mir denn da vergehen? Ich sage dir gleich es wird mir nicht vergehen.
– Lieber Himmel nochmal!
Die Argumente scheinen ihm allmählich auszugehen. Ich fange an zu raunzen.
– Früher bin ich gefahren. Seit meiner Heirat habe ich nicht mehr gefahren. Am Ende werde ich's gar nicht mehr können. Ist doch schließlich zu dumm.
– Aber du hast doch deinen Führerschein mit?
– Natürlich.
– Ach, du hast ihn mitgenommen.
Er ist ehrlich enttäuscht.
– Für den Fall daß dir irgendwas gefehlt hätte. Man kann ja nie wissen, oder? Kann ja mal passieren, oder? Da wärst du schön dagesessen, was. In erster Linie bin ich's auch gewohnt bei Nacht zu fahren ich sehe da sehr gut und du magst es gar nicht. Gesetzt wir müßten mal bei Nacht fahren? Und du würdest müde? Oder wenn du krank bist. Oder wenn ...
Er gibt nach. Er kann nicht mehr anders. Er merkt, daß das die ganze Fahrt weitergehen wird mit mir. Und es wäre so weitergegangen, ich war entschlossen

ihm auf die Nerven zu gehen. Am Ende bin ich es satt. Warum denn schon. Der Wagen gehört auch mir, wir sind verheiratet (Verzeihung, verheiratet mit Gütertrennung nichts gehört mir sieh mal an, an die Kleinigkeit hatte ich nicht gedacht haben allerlei Konsequenzen ihre Kniffe ... Aber warum denn schon trotz allem).

– Man wird ja erleben was du alles kannst! sagt er und überläßt mir seinen Platz mit brennendem Bedauern und einem Gesicht als solle ich erst mal den Führerschein vorzeigen. Der Teufel soll ihn holen. Ich lege los. Ach, was ist das fein. Das Wetter ist schön. Ich mochte gern fahren. Auch das hatte ich vergessen.

– Hopla!

Das ist er, neben mir. Ganz steif sitzt er da, verkrampft, die rechte Hand umklammert den Türgriff, die linke ist bereit aufs Steuer zu fliegen. Ich fühle es.

– Du fährst zu rasch – Achtung – Paß auf, links.

– Was denn?

– Der Kerl da, der überholen will.

– Ich seh ihn ja. Soll er doch überholen.

– Dann beschleunige nicht!

– Ich beschleunige nicht.

– Doch, du beschleunigst. Céline, du fährst nicht gerade. Schau vor dich – Aber starre nicht auf den Kühler.

– Ich starre nicht auf den Kühler.

– Doch, du siehst auf den Kühler! – In den dritten. In den dritten sag ich dir, du sollst in den dritten

gehen! – Aber fahr doch rechts du bist ja mitten auf der Straße! Oh! Oh! Oh nein, Céline, dieser Radfahrer! Du hast ihm den Hintern abrasiert!
– Welchem Radfahrer?
Dies nur um ihn ein bißchen zu beruhigen. Was kann er mir auf die Nerven gehen! Nein was kann er mir auf die Nerven gehen!
– Mein Gott! ... – Céline. Du wirst uns umbringen. Céline du wirst uns noch umbringen! Der Lastwagen! Der Lastwagen Céline! Oh! Céline halt an! Halt an ich kann nicht mehr! Halt an. Aber nicht hier! Man bleibt nicht mitten auf der Straße stehen! Fahr weiter aber im Schritt ich bitte dich, im Schritt. Winker raus. Geh in den zweiten. In den zweiten Gang.
Wo ist der zweite Gang? Scheiße, ich weiß nichts mehr. Scheiße Scheiße Scheiße Scheiße!
– Na also. Rechts ran. Aber gib acht, nicht in den Baum hinein. Na also. Bremse. Endlich.
Er sinkt in sich zusammen, er ist kreidebleich, er zittert.
– Geh raus, mach schnell.
Ich gehe raus. Ich weiß nicht ob ich wieder einsteige. Wirklich, ich zögere.
– Also worauf wartest du denn noch? Steig ein! Worauf wartest du?
Was tut man mitten auf einer Straße? Und dann erst noch den Koffer rausnehmen und nachher, was fange ich dann mit einem Koffer an, für's Anhalten. Ich hasse es die Hände voll zu haben. Und dann möchte ich an die Sonne. Und wenn's schon per Anhalter sein soll, da ist ja einer der mir sagt ich soll einstei-

gen und der Koffer ist schon drin. Ich steige ein; aus praktischen Gründen. Unlustig. Wie ein Pfeil schießt er los. Es ist so weit, er hält ihn fest, er hat ihn bekommen, er hat ihn wieder, er ist glücklich. Beruhigt. Ich höre ihn laut aufseufzen.

– Mein armes Mädchen, dafür bist du nicht begabt.

– Laß sein fang nicht wieder an es ist nicht der Mühe wert es ist erreicht.

– Was ist erreicht?

– Was du wolltest.

– Und was wollte ich dir zufolge?

– Mich fertig machen.

– Himmel nochmal! Als ob es da was fertig zu machen gäbe! Lieber Himmel!

– Ich hab dir gesagt laß es gut sein. Behalte dein Spielzeug. Trachte nur mich am Leben zu lassen ich halte was auf meine Haut. Das ist alles worum ich dich bitte. Denn unter uns, ich hab's dir niemals gesagt aber als Chauffeur hab ich schon bessere als dich gesehen.

– Aha. Der Eselstritt.

– Schau doch vor dich.

Ich könnte es ihm ja genauso machen, aber es ist mir wirklich zu langweilig. Und wie ich sagte ich hänge an meiner Haut und diese Art von Spaß kann tödlich ausgehen. Man kann nicht autofahren wenn der Mann daneben sitzt das ist eine absolute Regel. Übrigens sollte es gesetzlich verboten werden; es ist gefährlich. Mit einem Kerl neben sich der in die Hose macht würde selbst Fangio in den Bäumen landen. Welch ein Idiot. Es gibt niemanden, der einen so verachtet, der einem so wenig zutraut, wie ein Ehemann. Dieser da hat es zwei Mal mit mir versucht aber schließlich hat er mich untergekriegt, ich werde mich nie mehr ans Steuer getrauen. Diese Zickzackkurven die ich am Ende beschrieb, und ich wußte nicht mehr, wo die Pedale waren, es war fürchterlich mitanzusehen. Eine öffentliche Gefahr. Dabei war ich eine Spezialistin für nächtliches Fahren, und für zehnstündiges Durchhalten. Er, Philippe, ist nach sechs erledigt, man muß anhalten. Was hab ich Freunde, verschlafene oder besoffene, auf den Straßen der Côte d'Azur herumgefahren, zu nächtlicher Stunde! Ich mochte das, wenn sie alle schliefen da drin und ich allein war wach, unter den Sternen, und fuhr. Ach was hab ich das geliebt! In erster Linie: dafür sind sie da, die Autos. Spaß zu haben, eine ganze Bande; auszubrechen. Sich so die Autobahn entlang zu fressen, ist nichts als trübe Fronarbeit; so oft ich es für Kameraden tat, sah ich es immer als einen Freundschaftsdienst, im Austausch gegen die Reisekosten. Wenn die Männer eine Spur gesunden Menschenverstands hätten, würde ihnen klar, daß es eine Arbeit ist, und sie ließen sich dafür bezahlen. Es müßte beruflich dafür Angestellten anvertraut werden, wie die Lokomotiven. Wenigstens kann man bei Lokomotivführern beruhigt sein: diese Leute sind hochqualifiziert, und sie wissen, daß sie eine Verantwortung tragen. Während ein Privatmann! Verantwortung, denkste. Das liegt ihnen fern. Seht mir ihn doch an: Monsieur an seinem Steuer, ohne Blick für die Gegend, und ganz stolz weil sein Tachometer hundertfünfzig anzeigt als ob es sein Verdienst wäre während doch die Maschine extra dafür gebaut ist und er nur mit dem Fuß draufzudrücken braucht. Es ist der bare Irrsinn, so weit gekommen zu sein, einen Kerl, der in solchem Maß den Sinn für Wirklichkeiten auf irgendeinem andern Gebiet verloren hätte, würde man schnurstracks ins Narrenhaus stecken; Machtwahn über zwei Zentimeter, Masturbation mit der Fußsohle, für die Zwangsjacke genügt schon Geringeres. Und mein Leben in den Händen dieses Irren, ich bin wohl selber nicht ganz bei Trost bedenkt man's recht.

Wie auch immer, während er sich abrackert kommen wir der Sonne näher, und mit ein bißchen Glück werden wir auch hingelangen. Ich mache mir's bequem in meiner Ecke. Ich kümmere mich um die Gegend, da ich Zeit habe, mich drum zu kümmern; oder halt um das, was davon zu sehen ist. Von Zeit zu Zeit stoße ich einen kleinen Angstschrei aus, oder klammere mich fest, des Grundsatzes halber, ihn nicht in aller Ruhe seinen Genüssen zu überlassen. Ich träume vor mich hin. Ich gehe, im Hinblick auf eben stattgefundene Ereignisse, zuchtlosen Gedanken nach. Mag unterdessen mein Chauffeur sich abplagen.

Ich will Sonne. Will Sonne, Sonne. Völlig erledigt, erschlagen von Sonne wie ein Tier, ohne jeden Gedanken, will ich durch diese Ferien kommen. Auf dem Kahn entblättere ich mich splitterfasernackt, angeblich um keine Spuren abzukriegen, ich ertränke mich in Sonne. Da Philippe mir Sonne zahlt, will ich was von ihr haben, will sie bis obenhin. Will sie überall. Selbst innen möcht ich welche haben, wenn das möglich wäre. Ein wahrhaftes Liebesidyll, er müßte eifersüchtig werden. Eine elementare, physische, ungeheuerliche Sonnensucht. Offenbar steckt in mir eine Krankheit, von der die Sonne mich heilen könnte. Abends wenn er zu Bett liegt will ich tanzen. Seit meiner Heirat hab ich schon zwei Tänze versäumt, und da ist ein dritter, der jetzt aufkommt. Und gerade sie sind großartig. Ich muß mich wieder dran machen. Tänze versäumen, heißt altern. Der Bewegung der Dinge dieser Welt abhanden kommen, halt machen, aus der Zeit fallen: heißt altern.

– Ich komme mir lächerlich vor, wenn ich mich so abzappele, sagt Philippe.

Aber nicht doch, es kommt nur drauf an, es anzugehn. Ich lasse nicht locker, versuche, ihn auf der Tanzfläche festzuhalten, wo er, schwerfällig geworden, mir gegenüber herumstapft wie ein Bär.

– Übrigens bist auch du lächerlich. Wir machen uns lächerlich.

Altes Paar. Alter Ehestand. Sitzen jetzt brav an unserm Tisch, schauen der Jugend zu, die's genießt wie's ihrer Jugend zukommt. Dreißig. Dreißig. Das klingt wie eine Totenglocke. Dreißig. Vielleicht hat er recht, man soll sich nicht festklammern und im Zug zu bleiben versuchen über seine Zeit hinaus, es ist »lächerlich«. Ich könnte darüber weinen. Ich seh die andern da drüben hüpfen. Was macht es ihnen Spaß! Wie fröhlich sie sind! Ich bin krank vor Neid. Ich will nicht altern! Will nicht altern, ich nicht!

Die reine Hysterie liebes Kind, sagt streng eine innere Stimme mir vor, dem Klang nach meine, im Ton ist es die Philippes. Glatte Hysterie. Du klammerst dich fest mein armes Kind. Sieh mal diese jungen Leutchen gestern, die Volleyball spielten und denen ein Partner fehlte, was hast du dich auf sie gestürzt; das ist ein Zeichen: die Vorliebe für die Jugend. Dräng dich nicht so auf, sagt Philippe. Aber sie haben mich gerufen! Die ganze Zeit haben sie gelacht, mit mir! Kunststück wenn du den Narren spielst um sie zu ködern. Gehst du wieder mit deinem Kindergarten? sagt Philippe. Also gut, es gibt die Sonne. Die Sonne gehört jedermann, selbst mir. Philippe legt sich quer, warnt mich bei jedem Schiff das näher kommt, und wenn es noch fünfhundert Meter weg ist: Bedeck dich. Zum guten Ende hab ich einen Sonnenstich abgekriegt, als ich schon glaubte, über jede Gefahr hinaus zu sein. Ja siehst du, immer mußt du übertreiben. Du weißt keine Grenzen einzuhalten.
Merkwürdig, wie bösartig er auf einmal ist? Eine Ewigkeit schon »hielt ich Grenzen ein«, man könnte meinen, er hat es gar nicht bemerkt. Und kaum heb ich mal den Kopf über Wasser, schon springt er drauf, mit beiden Füßen. Das ist ein ganz Schneller, Philippe. Was Grenzen einhalten betrifft, er kann's. Er geht sorglich mit sich um der kleine Mann. Er paßt auf. Ich hätte ihn für widerstandsfähiger gehalten. Das war es sogar, was mir so imponiert hatte; dieser Eindruck von Widerstandsfähigkeit, den er macht; eine Eiche, sagte ich, er sieht aus wie eine Eiche. Diese großen wohlgebauten Blonden, wenn

man sie ansieht denkt man der reine Fels und in Wirklichkeit sind sie anfällig wie kleine Mädchen. Das hält keine Anstrengung aus; wenn's nicht seinen vollen Schlaf hat kriecht es den ganzen Tag auf den Knien herum; das geht in kein Wasser, wenn's ein bißchen kalt ist, und macht sich keine Bewegung nachher; das raucht zu viel und kriegt gleich Kopfweh, ißt ein Ragout und liegt am nächsten Tag auf der Nase; kriegt einen Schnupfen wenn's vom Tanz kommt. Bei 38 Fieber hält sich's für sterbenskrank. Und weiß niemals zu sagen, wo's nun eigentlich weh tut. Läuft immer mit Pillchen in den Taschen herum. Nebenbei gesagt, die meinen hab ich in Paris gelassen und seitdem schlaf ich wie ein Ratz. Er hat seinen Sonnenstich gleich am ersten Tag gehabt. Er hat ganz schön gejammert; er weiß, was es damit auf sich hat; er pflegt mich, bringt mir Aspirin, reibt mir den Rücken mit Salbe ein und läßt das Essen ins Zimmer bringen; er ist die Nettigkeit in Person. Morgen gehen wir in den Schatten. Halten einen großen Ruhetag. Die Ferien sind nicht dazu da, daß man sich bis zur Erschöpfung herumtreibt, sie sind dazu da, daß man in guter Form nach Paris zurückkommt und einen guten Winter hat ohne Grippe und Bronchitis. Und gute Erinnerungen, gefilmt auf 9 mm, um sie sich vorzuführen wenn man einmal alt ist.

Alle Welt findet mich schön. Ich bin schmäler geworden, ich komme wieder in meine Hosen von früher rein, ich habe Aprikosenteint, meine Haare sind beinah weiß; ich habe sie ganz kurz schneiden lassen, ist dermaßen praktischer fürs Meer hab ich Philippe gesagt als ich die Untat beging knapp vor der Abfahrt im letzten Augenblick was war da noch zu machen, und jetzt können sie nicht von einem Tag auf den andern nachwachsen nicht wahr. Um so weniger als ich jeden Tag ein wenig dran rumschnipple, im geheimen vor dem Spiegel, in dem ich mich wieder mit Sympathie erblicke. Nein nein, es ist nicht richtig, wenn gesagt wird, man müsse sich selber hassen; es ist nicht wahr. Man muß sich ein wenig gern haben. Man muß sich ein bißchen lieb haben. Vom Urgrund her. Später wird man ja sehen, wegen Fragen der Transzendenz. Sofern Anlaß sich ergibt. Da ich noch nicht so weit gekommen bin, erlaube ich mir, mir kleine Freundschaftszeichen zuzuwinken, wenn ich mir in den Spiegeln der Korridore begegne. Wer ist das, dieses blonde Teufelchen da drüben, das seinen Spaß hat. Das bin ich, Céline Rodes. Und wo ist Madame Philippe Aignan?
Madame ist ausgegangen. Um fünf Uhr. Ist um fünf Uhr ausgegangen, ging zu Madame Jean-Pierre Bigeon (Julia Morelli). Doch das Telefon da drüben ist abgemeldet, Teilnehmer Abwesend. Die Teilnehmer sind abwesend; die Teilnehmerinnen sind abwesend, sind ohne Zweifel zu Besorgungen in die Stadt gegangen, und werden in der Tat mit einer Masse Pakete zurückkehren. Doch unterdessen ...

– Was ist mit dir los Céline in letzter Zeit?
– Mit mir? Mir gehts sehr gut.
– Du bist nervös, unruhig. Ich finde dich merkwürdig.
Irgendwas gefällt ihm nicht, meinem Philippe. Selbstverständlich bin ich weder nervös noch unruhig, das ist seine Kunst für alles und jedes das ungünstigste Wort zu finden. Ich bin einfach guter Laune. Vielleicht ist es das, was ihm nicht gefällt? Nicht daß er Verdacht hätte in Richtung Julia, nein da im Gegenteil ist er sehr glücklich, daß ich eine verheiratete Freundin habe, mit der mich gemeinsame Probleme beschäftigen, sie freuen sich Jean-Pierre und er über unsere reizenden Schwatzereien und man muß sagen wir haben unsere Kaffeeschwesternnummer so gut eingeübt, daß sie jetzt perfekt klappt, wir servieren ihnen da Festspiele an weiblicher Verblödung, so wie sie sie von uns erwarten, wozu sie enttäuschen, da ohnehin nichts sie überzeugen wird? Zwei richtige dumme Gänse. Wir rezitieren France-Femme, Schönheitsmittel Küchenrezepte Haushaltsartikel Horoskope. Auf die Weise haben sie das Gefühl, daß wir Frauen sind. Unausstehlich, aber alles ist an seinem Platz und sie haben ihren Frieden.
Nein was Philippe nicht gefällt ist etwas anderes. Céline Rodes, glaube ich. Er hat eine Offensive gestartet wegen der Haare, ihm zufolge wachsen sie nicht rasch nach, man könnte meinen, sie seien von Ratten angenagt; diesmal ist er auf eine Mauer gestoßen, eine sehr schmiegsame Mauer, eine samtene Mauer, ich hab gesagt: Meinst du? na ja das ist das

Meerwasser das wird sich geben; was tut man heute abend ich möchte in einen Western. Du und deine Western das ist eine wahre Manie. Manie der ist ja gut: ich spreche vielleicht oft davon aber am Ende geht man nie hin, auf diese Weise wird es mir nie vergehen. Merde, ich werde heute nachmittag allein gehen. Ich weiß nicht warum ich nicht früher daran gedacht habe. Was Kino sechshundert Francs? hat Philippe gesagt als er die Ausgaben des Monats durchsah, die ich ihm immer in alten Francs vorlege, was ihn reizt, ich kann die neuen einfach nicht in den Kopf kriegen ich hab kein Verhältnis dazu, er der seine Investitionsbudgets nach Millionen berechnet die in Wirklichkeit Hunderte von Millionen sind hat sich rascher daran gewöhnt, für sie ist es praktisch aber wir mit unseren kleinen Summen können uns nichts darunter vorstellen – was Kino sechshundert Francs, und das gab's mehrmals im Monat, du gehst ins Kino? Aber ja, ich gehe ins Kino. Was kann er sagen? Es ist nicht wegen der sechshundert Kröten niemals würde er wegen einer derartigen Kleinigkeit eine Bemerkung machen soweit ist es nicht mit ihm. Und worüber sollte er auch eine machen, eine Bemerkung? Es ist nichts Böses daran ins Kino zu gehen, solange die Socken parat liegen. Er findet nichts. Er schweigt. Er hat lange gewartet aber am Ende ist es gekommen; er hat ein Dingsda gefunden das nicht erledigt war, eine ich muß sagen entsetzliche Unordnung auf dem Sekretär für häusliche Papiere, übrigens hatte ich sie dahin gesteckt weil ich den Schreibtisch im Wohnzimmer für mich beschlagnahmt hatte, ich brauchte ihn, es gelang ihm nicht, der Feuerversicherung habhaft zu werden, nicht daß Feuer am Dache wäre aber er wollte die Höhe der Prämie wissen und Gott weiß was ähnlich Wichtiges und Eiliges. Er hat sich aufgeregt. »Statt ins Kino zu gehen! ...« Da war es also endlich heraus. Ich habe meinen Fehler zugegeben, und habe ihn gefragt, ob er zufällig auch weitere festgestellt hat. Im Augenblick hat er nichts gefunden.

– Ja dann also bin ich der Meinung, daß das äußerst wenig ist. Ich finde, ich kann mich als eine beinahe perfekte Ehefrau betrachten.

Das hat ihn aus dem Sattel gehoben. Besonders der Ton. Kein Spürchen Nervosität. Ich war gerade dabei einen Wandteppich vorzubereiten, ich habe weitergemacht. Ich male ihn selbst; er stellt Adam und Eva dar, Baum Schlange Apfel. In voller Größe. Sehr schön. Oder halt, es würde sehr schön werden, wenn ich es zu Ende führte; was wenig wahrscheinlich ist; Philippe selbst übrigens hat es vorausgesagt; der Gedanke, einen Wandteppich zu machen, hat ihm sehr gefallen; aber er befürchtet sehr, daß ich ihn nicht zu Ende führe, wie die tausend anderen Dinge, die ich in meinem Leben unternommen habe und von denen ich nicht eine einzige beendet habe.

– Was diesen Mangel an Ordnung in den Papieren anbelangt, sage ich, der allein mich von der Vollkommenheit trennt, Pause, ich trage das Braun des Baumes auf, so scheint mir, daß es da keine Abhilfe gibt. Ich kann es nicht. Es ist zu beschissen.

– Zu was?

– Beschissen.
Ihm bleibt die Spucke weg. Es ist lange her, daß ich ihm das zuletzt angetan habe. Ich drücke mich jetzt in gewählten Worten aus. Noch in meiner revolutionären Epoche wurde ich schon bei der zweiten Rückfrage ganz klein.
– Ich glaube sage ich und mache mir seine Sprachlosigkeit zunutze, daß du, sofern du willst, daß es erledigt werde, wie du es wünschst, dich am besten selbst darum kümmerst.
– Was? Aber ich, ich habe ohnehin schon genug widerliche Sachen am Hals! Mir scheint du kannst doch wohl eine unbedeutende erledigen die dich langweilt! Da du Zeit findest ins Kino zu gehen ... (Wiederholung, denn ich schien aufs erste Mal nicht verstanden zu haben).
– Ich habe ebenfalls schon ganz hübsch welche, ich auch, die mich langweilen, sage ich, mit bescheidener ruhiger Stimme. Die Verwaltung, das ist ein ganzes Gewebe von Langeweile.
– Verwaltung? ... (er versteht nicht)
– Die Führung des Haushalts. Das kann man Verwaltung nennen. Das ist eine Arbeit.
– Aber schließlich für eine Frau ... da ist es doch ganz natürlich ... sich ums Haus zu kümmern.
– Meinetwegen. Der Papierkrieg hingegen ist Männerarbeit. Diese komplizierten Papiere werden von Männern herausgegeben und verfaßt. Wir unserseits verstehen nichts davon.
– Wenn du allein wärest müßtest du dich dennoch darum kümmern!

– Soweit ich mich erinnern kann, hatte ich nichts dergleichen. Ich weiß nicht, wie ich zurande kam. Ganz gut offenbar.
Sein Mund öffnet sich. Sein Mund schließt sich. Ich weiß sehr wohl, was er vorbereitet. Aber er kommt nicht heraus damit. Schlüpfriger Boden. Unterdessen füge ich hinzu, süßlich:
– Auch dich hatte ich damals nicht mein Schatz.
Ich trage das Gelb der Schlange auf. Warum ich das tue? Ein plötzlicher Anfall. Eine verheerende Leidenschaft. Wolle aussuchen. Farben, Harmonien. Vor den Farben dieser Wandteppichwollen möchte man auf die Knie gehen. Ich habe die Wolle ausgesucht bevor ich die Zeichnung koloriert hatte. Und verbohrt dazu. Diese hier, nicht jene. Und dann, sie selber entwerfen zu wollen, jemand, der es nie getan hat, alle Welt hat mir gesagt, daß es die reine Tollheit sei. Madame Aignan (auch sie begeistert, daß ich mich auf weibliche Handarbeiten stürze) hat mir angeraten, für den Anfang einen Stramin zu kaufen, der schon vorbereitet wäre und sogar mit Arbeitsmuster. Sie hat mich zu einem Fachgeschäft geführt, wo man mich aufforderte, einen Rosenstrauch zu wählen. Ich habe eine Kopie des Einhornteppichs verlangt. Sie ist verrückt, mit sowas anzufangen, man hätte ihn anfertigen lassen müssen, und noch dazu zu welchem Preis. Und warten. Warten konnte ich nicht. Es mußte gleich sein, sofort, es brannte mir auf den Nägeln. Also gut dann würde ich es selbst machen. Sie ist verrückt, sie hat keine Vorstellung von der Sache. Neulingseifer hat der Fachmann gesagt und hatte

nicht unrecht; lassen wir sie, sie wird von selbst davon abkommen, wenn sie zwei oder drei Stramine verdorben haben wird ... In der Tat habe ich einige Besorgnis.

– ... Nerz.

Das ist Philippe, der eben einen Satz beendet, oder vielleicht sogar eine Ansprache, die ich erfreulicherweise nicht gehört habe denn sie schien allerhand Flegeleien enthalten zu haben von der ungutesten Sorte.

– Wie bitte?

– Und du hast sogar einen Nerz.

– Ja ja, alles hat seinen Preis, habe ich in aller Ruhe geantwortet, und weiter gings mit meiner Schlange. Es ist nicht leicht. Es wird nicht leicht sein. So ein Wandteppich hört nie auf. Dazu sind mindestens Kreuzzüge nötig. Und am Ende nicht einmal so sehr mein Stil. Ah aber ich weiß!

Tags darauf kaufte ich ein ganzes Malzeug. Das war es was ich in Wirklichkeit wollte. Was ich mir nicht eingestand. Dieser Wandteppich war schlicht und einfach eine Übertragung. Malte ich denn nicht, früher? Schlecht aber das steht hier nicht zur Diskussion; ich malte; hatte ich es vergessen? Ganz entschieden sind die Wege der Vorsehung verschlungen, ich will sagen, der Weg, um sich wiederzufinden, wenn man sich verloren hat, ist kein gerader. Über Wandteppichstickerei, das ist ziemlich witzig. Etwas durchaus Weibliches, und konnte dennoch erinnern. Witzig.

Ein komplettes Material, die Rechnung war hoch, im Haushaltsbuch. Viel teurer als die Wolle, die auch

schon nicht gratis war. Philippe ist zusammengezuckt. Ist aber teuer, hat er gesagt.
Nerz, eine Million, Wagen, zwei Millionen, Malzeug, achtzehntausend alte Kröten. Ist aber teuer. Wie denn alles relativ ist.
– Und also die Wolle, ist die beim Teufel? (sechstausend).
Umgehend schlage ich vor, wenn er so übel daran ist, mein Herbstkostüm abzubestellen, das dreimal so viel kostet. So oder so habe ich genug von den Schneiderkostümen sie stehen mir nicht ich sehe wie ein altes Weib drin aus und wozu sind sie schon nütze, entweder ist es heiß und man geht im Kleid oder es ist kalt und man zieht sich einen Mantel an. Ich habe meinen Nerz. Sofern du knapp daran bist, sage ich. Aber nicht im geringsten aber nein doch, so weit ist es denn doch nicht mit ihm es ist im Grunde eine Kleinigkeit ab mit Schaden da es schon geschehen ist mit diesem Malzeug selbst wenn es dir zu nichts nützt es ist zu spät reden wir nicht mehr davon. Während ein Schneiderkostüm das brauche ich ich muß etwas zum Anziehen haben um auszugehen darauf hält er.
– Meine Frau malt Aquarelle, sagt er in unserm kleinen Kreis. Es ist ihr neues Hobby.
Natürlich ist es Öl. Aber kein Gewinn ist zu verachten: Aquarell paßt besser zu dem was Philippe sagen will.
– Letzten Monat waren es Wandteppiche. Es hat nicht angehalten.

In der darauffolgenden Woche habe ich um ein Klavier gebeten. Nur mal Spaßes halber. Er suchte auf dem Flohmarkt nach einem englischen Schreibtisch. Ich meinerseits probierte die Klaviere aus.
– Was treibst du mit den Klavieren Céline?
– Ich finde wir sollten ein Klavier kaufen.
– Ein Klavier, aber wozu denn das?
– Um die Wohnung auszuschmücken. Eine Wohnung ohne Klavier ist nicht komplett. Es wird sich sehr gut ausnehmen im Salon. Dieser Salon schreit nach einem Klavier.
– Wenns der Dekoration wegen ist brauchst du sie nicht auszuprobieren, es reicht wenn du sie ansiehst.
– Aber komm Philippe es wäre doch zu dumm ein Klavier zu kaufen auf dem man nicht spielen kann. Es wäre hinausgeworfenes Geld. Es muß gut sein.
– Ja, weißt du wieviel das kostet ein gutes Klavier? Wenns zur Dekoration ist ... Schließlich Céline du hast nicht die geringste Logik! Entweder es ist zur Dekoration oder es ist zum Spielen ...
– Gut dann werde ichs lernen. So wird es nicht umsonst sein.
– In deinem Alter? Aber die Finger in deinem Alter ... Weißt du Céline ich glaube du bist wirklich verrückt.
– Als ich klein war, träumte ich davon, Klavierspielen zu lernen.
– Ich frage mich, wovon du nicht träumtest, als du klein warst.
– Das ist wirklich wahr. Ich wollte alles tun. Jedenfalls alles was interessant ist.

– Schön aber jetzt bist du nicht mehr klein. Du solltest anfangen dir das klar zu machen.
– Also dann will ich ein Klavier.
– Ich weiß wirklich nicht, was du in letzter Zeit hast, es geht nicht rund.
– Und ich finde, daß es niemals so gut gegangen ist.
– Dann ist es nur um so beunruhigender.
– Ah ja? Du bist unruhig, wenn es mir gut geht?
– Wenn du so überspannt bist wie jetzt, dann ist das kein gutes Zeichen. Nimmst du weiter deine Pillen?
– Meine Verblödungspillen? Sind im Klo. Ich habe meine Leber gleich nachgeschmissen. Hab keine mehr. Hast du bemerkt wie ich aussehe? Sehe ich nicht gut aus?
– Wirklich ich weiß nicht, was mit dir los ist. Man könnte meinen du trachtest danach mich zu ärgern.
– Es ärgert dich, wenn ich gut aussehe?
– Stell dich nicht absichtlich so blöde. Du wirfst deine Pillen weg. Du siehst gut aus, weil wir aus den Ferien kommen und du dich erholt hast. Aber wenn du die Medikamente nicht nimmst, die man dir verordnet hat, wird's bald genug wieder abwärts gehen.
– Warum denn so pessimistisch sein mein Schatz? Vielleicht gibt es Leute, die sich von Natur aus wohlbefinden? Glaubst du nicht, daß es das gibt? Oder? Ich jedenfalls will nicht süchtig werden wie all diese Weiber, noch sind wir nicht in Amerika. Ich fühle mich wohl und werde das weiter tun. Wenn's dich nicht gar zu sehr ärgert. Und ich will ein Klavier.

Ich male Julia. Nicht ganz nackt, das könnte Aufmerksamkeit erregen. In einem Kleid aus Banlon, von einem schönen Grün, mit rundem Ausschnitt, ganz gerader Schnitt; knittert nicht; leicht auszuziehen. Und wieder anzuziehen. Im übrigen werden wir wenig gestört. Da drüben am Ende der Wohnung im Gästezimmer, das endlich seine Bestimmung fand, und sogar eine doppelte: Künstleratelier und Boudoir, »arbeitet« Madame; Juana weiß es, jeden Morgen findet sie den Beweis dafür, nicht ohne Bewunderung im übrigen. Sie klopft nur in dringenden Fällen an, wenn es Philippe ist, der sich meldet, beispielsweise. Und dann ist da noch Stéphanie. Sie hat sich angewöhnt, uns zu überfallen. Einmal, es war etwas knapp gewesen, hat sie gesagt: Ich habe den Eindruck, daß ich störe ... Damit Stéphanie sowas sagte mußten wir uns schon ziemlich merkwürdig ausnehmen. Was anderes war zu tun als vorzustoßen: Nun ja, du störst. Du hast eine Unterhaltung unterbrochen, die man vor dir nicht fortsetzen kann.

– Warum?

– Du bist zu klein.

– Merde, ich bin fünfzehn Jahre alt! Über was? Ich darf wenigstens erfahren, worüber!

– Die Liebe.

– Die Männer, verbessert Julia.

– Ein Grund mehr, weiterzumachen, ist doch gescheiter, ich weiß Bescheid, ehe ich vorprelle, das kann mir peinliche Überraschungen ersparen.

– Es wird dir gar nichts ersparen, die Erfahrung der anderen nutzt einem nichts.

– Geh lieber mit Illusionen los, sonst riskierst du am Ende überhaupt nicht loszuziehen.

– Ist es derart mies?

– Nein. Es gibt auch gute Seiten.

– Welche? Ihr seht doch, man kann mir's sagen.

Das interessiert Stéphanie, diese beiden Weibsleute, die wahrscheinlich genau Bescheid wissen und sie nicht abkanzeln, wenn sie den Mund zu weit aufmacht, sondern das normal finden, und ihr antworten statt sie abfahren zu lassen. Ich weiß gut, was ein Mädchen von fünfzehn Jahren ist; ich bin's gewesen. Da hält man was aus. So oder so stellt sich ja als einzige Frage bei jedem Menschen in jeglichem Alter, ob er Idiot ist oder nicht; wenn man kein Idiot ist, liegt die Volljährigkeit bei etwa elf Jahren. Wenn man ein Idiot ist, kommt sie nie. Der Standpunkt gefällt Stéphanie. Dieser Ort, der nach Terpentin riecht und vielleicht auch eine Art Leben ausstrahlt, spürbar wenn schon nicht genau zu bestimmen, zieht sie an. Sie landet, hat keinerlei Grund es sich zu versagen und ist noch zu ahnungslos, einen zu vermuten, sie setzt sich auf den Boden, ich male, man schwätzt, und jetzt hat sie angefangen zu zeichnen. Solche Sachen sind ansteckend. Das Klima. Eigentlich paßt sie gut in unsere kleine Welt. Stéphanie stört Sie nicht allzusehr? sagt ihre Mutter. Aber nein, sie stört uns nicht allzusehr; so sehr viel Freiheit hat sie nicht, sie hat ihr Gymnasium; es bleibt uns Zeit genug. Zeit gibts in Überfülle, entscheidend ist, ob man weiß, sie zu nutzen. Zeit braucht man sich nur zu nehmen; man kann sie sich nehmen wo man will, je mehr man sich nimmt desto mehr ist da. Man muß nur zu leben wissen. Ich fürchte, darin werde ich größere Künstlerin als im Malen. Die Kunst ist vielleicht was Schwierigeres, außer daß die Leute, wenn sie einmal daran gehen, sich für die Kunst viel mehr Mühe geben als fürs Leben.

– Und warum? ist ja dumm von ihnen.

– Sie nehmen sich die Zeit nicht.

– Warum?

– Haben Anderes zu tun.

– Was?

– Zeit totschlagen.

Das sind unsere kleinen Hin-und-Widerreden. Als Italienerin hat Julia ihren Sinn dafür, und ich verteidige, so gut ich kann, die Farben der Pariserinnen. Am wenigsten geht es noch mit dem Malen vorwärts. Es ist geschickt, aber abhängig, man kann da so ziemlich jedermann wiederfinden. Ich habe keinerlei Originalität beim Malen ich liebe die Maler viel zu sehr. Ich male so wie jene, die ich am liebsten mag, minus das Genie. Philippe übrigens hat das rasch gemerkt.

– Schade, daß es Modigliani schon vor dir gegeben hat du hättst Karriere machen können.

Julia hat einen langen Hals da kann's also nicht fehlen.

– Er ist gemein mit dir.

– Jedes Mal daß ich versuche etwas zu tun. Es reizt ihn. Dagegen.

– Und doch liebt er dich. Er kauft dir Nerze. Er pflegt und hegt dich.

– Ja. Auch die Nekrophilen lieben.
– Die was?
– Die Liebhaber von Leichen. Leute, die nur mit Toten ihre Lust haben können.
– Solltest du da nicht die Definition des Ehegatten gefunden haben?

Jean-Pierre ist da weniger hart, freilich bin ich auch nicht seine Frau.
– Also ich finde es ziemlich ähnlich. Sie hat den Ausdruck getroffen.
Nicht den ganzen, nicht den ganzen Monsieur, dazu hab ich nicht Talent genug. Glücklicherweise, Sie wären darob blaß geworden. Sie hätten sie nicht erkannt Ihre Frau, Monsieur, Ihre halbseitig frigide Frau, Herr Kleinemittelgroßemittelwerte wie Sie unter uns genannt werden (Philippe ist der Traumverjäger), Herr Tarzan von Champignon, Buffalo-Bill der Pferdestärken, Supermann von Vergasers Gnaden (diesmal sind sie per Eisenbahn aus den Ferien zurückgekehrt, das Gefährt liegt stückweis auf dem Olymp, ist immerhin erst das dritte das er fertig machte).
Bei einer Frau sind es glücklicherweise nur die Gefühle, die man fertigmacht, wenn man sie falsch behandelt.
– Im Grunde, sagt Julia, ist es die Ehe die einen zur Lesbierin zu machen scheint. Ich war keine.
– Aber woran siehst du, daß du's bist? Daß man sich eine Extratour erlaubt ist doch noch kein Grund sich

zu katalogisieren. In den Harems gibts das am laufenden Band. Ein Luxus, was.

– Mir schien es auch so. Aber ich beginne mich zu fragen. Gestern Abend, rue de Tilsitt, da war eine Braune auf dem Trottoir, hinreißend. Mit so Ponys.

– Ja, ich hab sie gesehen.

– Aha siehst du. Du auch.

– Na und. Sie ist schön. Und sie stellt sich aus. Da ist es nur normal, daß man sie sieht.

– Ich bin so weit gegangen, mich zu fragen, was sie sagen würde ...

– Wenns nicht ihre Spezialität ist riskiert man ein paar Ohrfeigen und einen Auflauf der Kolleginnen.

– Vielleicht die Polizei? Wär nicht schlecht wenn die Mannsleute uns im Revier auszulösen hätten, samt Strafzettel.

– Und wenns klappen sollte, für die Eintragung ins Haushaltsbuch?

– Glatt zehntausend.

– Verschlampt?

– Kassenmanko?

– Vielleicht Bügelkosten?

– Medikamente?

– Und der Ersatz bei der Versicherung? Kein Stempel.

– Schönheitsmittel.

– Ah das ist nicht übel. Angenommen.

– Alles ganz recht, aber ich werde ganz pervers.

– Prüdes Frankreich! Und soll ich sagen: Prüdes Italien! Rom von einst! Soweit ist man gekommen! Wegen einer derartigen Sache sich für pervers zu halten! Die Griechen, die machten sich keine solchen

Sorgen, die gingen auf den Sklavenmarkt und holten sich einen oder eine, einfach so, zum Vergnügen, in aller Gemütlichkeit. Und das übrige dazu. Ein Luxus sag ich dir. Luxus. Der Sinn dafür ist verloren. Natürlich, nicht in jedermanns Reichweite Gerechtigkeit gabs keine, aber was denn heutzutage haben ja selbst die Kapitalisten keine Ahnung mehr. Die bringen es fertig sich sogar noch ihre Vergnügungen zu vermiesen! Meine arme Julia du bist nichts als eben normal! Bist nur schön blöd aufs Gerede zu hören.
– Was du einen beruhigen kannst.
– . . . und eine Angelegenheit daraus zu machen. Lauter Psychologie. Psychologie am Arsch. Wir sind keine Lesbierinnen. Wir treiben Luxus. Punktum.
– Danke.
– Te absolvo.
– Deo gratias.
– Zunächst mal lieb ich die Frauen nicht. Ist zu zart. Ich mag wenns kratzt. Wenn man die Knochen spürt und daß es handfest ist darüber. Um vom übrigen nicht zu reden, wobei ich sagen muß es gibt gewisse Religionen von denen ich recht bedauere daß sie verschwunden sind – aus Mangel an . . . ihren Objekten vielleicht? in die hätt ich mich gern näher einweihen lassen.
– Auch ich mag die Frauen nicht. Was ist es dann, was ich mit dir habe und was die Männer nicht haben?
– Mußestunden.

– Warum haben die Männer keine Muße?
– Die Frage haben wir schon studiert.
– Aber nicht gelöst.
– Nein.
– Merde.
– Weil sie arbeiten.
– Klar. Warum arbeiten sie?
– Um Geld zu verdienen.
– Wozu?
– Um Muße zu haben.
– Falsch. Das wars nicht was herauskommen durfte.
– Damit wir Muße haben.
– Na also. In Wirklichkeit sind sie unsere Sklaven.
– Und sie wissen es nicht!
– Was sind wir schlau! Wie gut haben wir die Gesellschaft eingerichtet.
– Wär nicht schlecht. Stimmt aber nicht.
– Kennst du die Geschichte von dem Neapolitaner? Der Mailänder sieht ihn in der Sonne liegen und sagt ihm: warum arbeitest du nicht, dann hättest du Geld. Na und dann? sagt der Neapolitaner. Würdest du ein Haus kaufen. Und dann? Würdest deine Frau hineinsetzen, würdest die soziale Stufenleiter hinaufklettern, würdest reich werden. Und dann? Und dann, sagt der Mailänder, könntest du Ferien in der Sonne nehmen. Und der Neapolitaner sagt: aber da bin ich doch schon, in der Sonne!
– Oje. Die ist alt deine Geschichte. Aus dem neunzehnten Jahrhundert. Hast du Neapel heute gesehen? Wir sind durchgefahren in diesem Sommer; ich hab nicht bleiben wollen. Zugedeckt von Fabriken. Vol-

ler Rauch. Man sieht nicht einmal mehr den vom Vesuv er ist versteckt von den anderen. Neapel sehen und an Erstickungstod sterben. Die haben sich drangemacht die Neapolitaner, jetzt sind sie in voller Entwicklung die Unglücklichen. Im übrigen gibt es keine Sonne mehr, mit all dem Rauch. Also wozu noch? und wo sich hinlegen? Und weißt du warum? weil man die Steuern herabsetzt für die Industriellen, die sich nach dem Süden verziehen, und da stoßen sie sich gesund. Daher kommt es, daß keine Sonne mehr ist in Neapel und stattdessen Arbeit.

– Das ist ein Thema, von dem mir scheint, man sollte es an einem Gala-Abend wiederaufnehmen, es ist durchaus geeignet, den Technokraten auf die Palme zu treiben, heb es auf. Also wo waren wir bei Die Männer arbeiten nicht um mehr Muße zu haben.

– Sie arbeiten für was anderes.

– Sie arbeiten um noch mehr Arbeit zu haben.

– Sie arbeiten um die anderen zu schinden indem sie Arbeit für sie erfinden.

– Aber wozu immer mehr Arbeit haben?

– Um sich abzuschinden.

– Wozu sich abschinden?

– Weil ihnen nichts Besseres einfällt.

– Ich habs: sie arbeiten weil sie nicht zu lieben wissen.

– Und sie wissen nicht zu lieben weil sie arbeiten!

– Ich glaube wir haben es gefunden.

– Aber da kann nichts mehr helfen.

»Wenn man euch nicht allzu sehr stört bei eurem wichtigen Werk . . .«
Alle zwei sind sie mitten am Nachmittag bei uns zu Hause gelandet. Sie waren munter wie die Vögelein, hatten allerhand Lärm gemacht beim Heimkommen; ein bißchen beschwipst möglicherweise: sie hatten ihn sicherlich mit dem Händler begossen. Den Neuen. Das Wunder. Endlich war er da. Der Victory. Das war es, was uns anzukündigen sie gekommen waren, und in der Tat lohnte es sich ja. Sie fanden uns brav wie die Engelchen, ich die Pinsel führend, Julia, mir sitzend und dabei La Princesse de Clèves vorlesend; die war ihr eben zur Hand gewesen. Eine wundervolle Szene, in Wahrheit jene, die ich hätte malen sollen, wäre ich außerhalb des Bilds gewesen: in holländischer Manier, da ich immer nur nach Manieren kann, nämlich in einer Ecke des Gemäldes die beiden heitern Kavaliere, gekommen, uns die Ankunft der herrlichen Kutsche zu verkünden und uns aufzufordern, hinunter zu gehen und sie zu bewundern, wenn das nicht hieß, »uns allzu sehr zu stören bei unserem wichtigen Werk«.
Also wir hätten ja zu warten gewußt. Aber man muß Verständnis haben. So ließen wir denn die Prinzessin und folgten. Wir haben hingesehen. Es war ein Wagen.
– Ihr seht gar nicht begeistert aus?
– Es ist ein Auto, hat Julia gesagt.
– Du findest nicht daß es einen tollen Eindruck macht?
– Ja weißt du wenn man drin ist sieht man es nicht.

Jean-Pierre hat seine Frau angeschaut. Auf den Gedanken war er noch nicht gekommen. Ich habe gleich angeknüpft.

– Im Grunde ist es der reine Altruismus einen eindrucksvollen Wagen zu kaufen; ist alles für die anderen.

– Aber man ist doch ein Teil davon! hat Jean-Pierre, ans Geniale heranreichend, ausgerufen, dann hat er sich in eine Beschreibung der Wagencharakteristiken gestürzt, und wir begannen, uns nach der Princesse de Clèves zurückzusehnen. Wenn es schon langweilig hergehen muß, die ist wenigstens gut geschrieben.

– Samstag gehts los. Wir fahren alle wollt ihr?

– Wohin solls gehen? fragen die Frauen.

– Wir machen eine Wettfahrt, sagen die Männer.

– Wir wollen ans Meer, sagen die Frauen.

– Du wirst sehen ich komme vor dir an, sagt Philippe.

– Wir wollen eine Stelle mit Felsen, sagen die Frauen.

– Oho! sagt Jean-Pierre. 220! Mit dem deinen machst du die nie ist ja ein Kalb.

– Wir fischen Taschenkrebse.

– Ein Kalb am Arsch sagt Philippe, in seiner Wut nimmt er zum Argot des Sechzehnten Bezirkes Zuflucht, und auf jeden Fall kommts beim Rallye nicht nur auf die Höchstgeschwindigkeit an da gehts auch um die Geschicklichkeit.

– Nimmt man die Badeanzüge mit? Das Wasser ist sicher noch schön.

– Also da fürchte ich nicht viel. Und wie der sofort anspringt, und bei der Beschleunigung, und seinen

– Auf alle Fälle läßt man sich von den Wellen anspritzen wenn man schon nicht badet.
– Du scheinst zu vergessen, daß du ihn noch einfahren mußt.
– Hast du ein Fischnetz?
– Kaufen wir dort.
– Mein kleiner Mechaniker du weißt von dem ich dir sprach ein Prachtkerl hat damit angefangen ich selber hasse die Einfahrerei da werd ich nervös, und mit zwei Stunden täglich auf der Autobahn, also bis Samstag
– Wir fangen Krabben.
– Da kann ich mir schon leisten da geh ich auf
– Hoffentlich treffen wir auf Ebbe.
– Auf alle Fälle geht die Flut hoch herauf, eben war ja Tag- und Nachtgleiche.
– Also die schaff ich auch. Du wirst sehen ich komme zuerst an.
– Wir brauchen doch keine Wettfahrt machen, versuchen die Frauen unterzubringen, dann fährt man halt etwas früher weg. Das Meer ist ja nicht weit.
Noch so ein Fall in dem man gut tun wird sich rechtzeitig vorzusehen. Mit Aussteigen zum Pipi-machen wird man da kein Glück haben. Nun ja, am Ende wird es das Meer geben, und das Meer ist das Meer, nichts kann das verhindern. Wir sind losgefahren am Samstag, 30. September. Das Wetter war schön.

– Im Grunde haben wirs nicht so furchtbar eilig, wir sind ja sehr früh weg – oh hast du gesehen? Die

Äpfel! Sind vielleicht schon reif – Ach da kommt eine Baustelle – Weißt du noch, wo die Abzweigung ist, willst du ich soll auf der Karte nachsehen?
Ich versuche in ruhigem Ton daherzureden; in heiterem sogar. Wohl ist mir ja nicht zu Mut. Tatsächlich krieg ich immer mehr Angst im Auto, mit Philippe. Und noch dazu diese zwei Schwachköpfe heute mit ihrer Wettfahrt. Hinreißend.
– Oh. Eine Katze. Ganz platt gefahren. Die haben sie erwischt, die Schweinehunde. Hoffentlich gleich tot.
Vier hab ich gezählt, seit der Abfahrt.
– Wenn nur keine über die Straße läuft ...
Ich bete. Lauft nicht über die Straße. Lauft nicht, jetzt sind wir da. Selbst wenn ers versucht, bei dem Tempo wird er nicht können. Übrigens ist es ihm völlig egal. Bitte lauft nicht rüber.
– Wieder eine Katze.
– Weißt du wenn das eine Art Kontrolle sein soll kannst du sie dir sparen. Ich seh genau alles was du siehst.
– Dann hoff ich, daß ich alles sehe.
– Dann hat es keinen Sinn, es zu sagen.
– In der Tat, nichts hat welchen Sinn auch immer. Außer beten vielleicht.
Er schüttelt den Kopf, als wolle er eine Fliege loswerden. Seit den Ferien hab ich die Gewohnheit behalten, ihm die Nerven anzusägen sobald er über hundertdreißig geht, und es wird ihm nicht geschenkt. Ich habe Schiß, ich habe Schiß und ich habe Schiß.
– Sieh mal, ein Unfall. Da links hast du gesehn?

Alles, was man bei hundertvierzig sieht, ist Blech und Leute drum herum. Man ist schon weiter. Ein Glück daß es keine sehr schöne Strecke ist mit all den Rüben auf beiden Seiten, man braucht nicht zu weinen wenn man sie versäumt.
Auf den Badestegen in Deauville, dem Treffpunkt, hat Philippe stolz auf seine Uhr gesehen. Wir waren zuerst da.
Und also haben wir gewartet.

Wir haben Mühe gehabt, sie wiederzufinden. Jean-Pierre lag in Bichat mit sechs eingedrückten Rippen und einem Loch in der Lunge.
– Und Julia?
– Sie ist tot.

Jean-Pierre Bigeon, vierunddreißig Jahre alt, elf Unfälle, davon zwei mit Verletzten, und einen tödlichen: seine Frau. Der Victory, in der Steigung überholend – ich habe sie gesehen, diese Steigung, der Gegenhang war nicht zu überblicken; das waren sie, der Unfall vom Morgen am Straßenrand, das Metall und die Leute, wir haben den Wagen erkannt, als wir, langsam langsam dieses Mal, todtraurig auf der Suche nach ihnen in Richtung Paris zurückfuhren – der

Victory ist in voller Fahrt auf einen 2 CV geprallt, der entgegenkam. Kilometerzähler war auf hundertsechzig stehengeblieben. In dem 2 CV vier Schwerverletzte, unter ihnen ein kleines Mädchen mit gebrochener Wirbelsäule. Gratuliere.

– Warum ist denn er nicht tot!

– Komm Liebste. Was hätte das geholfen?

– Das hätte geholfen, daß er sich nie mehr in einen Wagen gesetzt hätte, dementsprechend mehr Chancen für die andern, am Leben zu bleiben!

– Ach geh, Jean-Pierre ist nicht schlimmer als andere.

– Das ist ja das Fürchterliche. Es gibt ganze Haufen solche wie er.

– Es geschehen in Frankreich über 175 000 Unfälle im Jahr, die über 230 000 Verletzte und Tote kosten. Wie sollen sie da immer nur Leuten passieren, die man nicht kennt? Selbstverständlich, wenn es Freunde sind, die es trifft, empfindet man den Schlag härter. Selbstverständlich. Geht man von dieser Ziffer aus, kann man nicht hoffen, durchs Leben zu kommen ohne daß Freunde in sie einbezogen werden. Das ist Statistik. Folglich kann man dazu nur OK sagen.

– Von diesen 175 000 Unfällen werden wieviele von Neurotikern oder Idioten verursacht? Das wüßt ich gern. Da wir schon bei Statistiken sind, das ist mal eine, die nötig wäre!

Ich bin ins Krankenhaus gegangen. Habe abgewartet, bis er sich einigermaßen erholt hatte; gut wach. Daß niemand da sei. Habe ihm weder Guten Tag noch Wie Gehts gesagt; ich habe ihm gesagt: »Sie haben Ihre Frau getötet.« Zusammenbruch unter den üblichen Schluchzern. Ich weiß ich weiß es ist entsetzlich nie werde ich es mir verzeihen man braucht es mir nicht zu sagen Céline Tag und Nacht denke ich daran ohne Unterlaß ich kann es nicht mehr ertragen undsoweiter: halt Worte. Erst machen sie die Sachen und nachher »können sie es nicht mehr ertragen«. Wie einfach.

– Um gar nicht von dem gelähmten kleinen Mädchen zu reden, das wir nicht kennen.

Er wußte es noch nicht, daß sie gelähmt bleiben würde. Man hatte es ihm noch nicht gesagt. Um ihn zu schonen. Man denke. Ich habe ihn mit allen Einzelheiten versehen. Hatte die Zeitung mitgebracht. Neue Schluchzer.

– Sie überholten in der Steigung. Ihr Kilometerzähler stand auf hundertsechzig. Ich habe sie gesehen, diese Steigung: keinerlei Übersicht. Haben sie die Straßenverkehrsordnung nicht gelernt?

Er hat was zusammengestottert, es gehe doch nicht um Straßenverkehrsordnung in einem solchen Augenblick da sein ganzes Leben, es sei auch noch Platz gewesen, der 2 CV habe sich »nicht ganz« rechts gehalten, und der Kilometerzähler sicherlich beim Zusammenprall verstellt. Geht nicht um Verkehrsordnung aber »in einem solchen Augenblick« findet man dennoch die Argumente für die Versicherung, inclusive Lügen. Und sofort wird angeklagt: der Andere wars.

– Sie haben Zeit gehabt, das alles festzustellen, und nicht genug zu einer Reflexhandlung? Meine Hochachtung.

Warum war ich gekommen, wenn es nur geschah, um ihm so fürchterliche Dinge zu sagen, war er nicht schon gestraft genug, mußten auch noch selbst seine Freunde –

– Was war das für ein Wagen vor Ihnen?

– Maserati.

– Sie wollten einen Maserati überholen und konnten es nicht. Das ärgerte Sie, was? Aber Monsieur, ein Jean-Pierre Bigeon überholt keinen Maserati. Ein Bigeon bleibt hinter einem Maserati. Immer.

Oh daß ich doch schwiege! Ich flehe Sie an, lassen Sie mich allein mit meinem Schmerz! – aber was konnte er schon tun, er war ans Bett gefesselt, umwickelt mit Mullbinden, in Gips gefangen, wohl oder übel mußte er mich ertragen. Es war ein Verhängnis! rief er.

– Kein Verhängnis, hirnlose Unfähigkeit. Sie haben Ihre Frau getötet, weil Sie ein hirnloser Trottel sind. Sie sind unfähig, ein Auto zu fahren. Wenn man nicht Manns genug ist dazu, soll man Rad fahren. Sie haben keine Reflexe. Nicht Fähigkeiten genug, um eine Maschine zu bedienen. Sie sind ein kleines Bürschchen mit einer Machtneurose, wie ein Haufen anderer Idioten.

– Sie hassen mich. Ich versteh's. Sie leiden. Aber – Céline – Warum – so über mich herfallen – da ich doch schon – vielleicht werde ich sterben –

– Lassen Sie doch die Psychologie hier handelt es sich um Technik. Rühren Sie niemals mehr einen Wagen an Sie haben die nötigen Fähigkeiten nicht, daraufhin bin ich weggegangen.

– Ich habe eben Jean-Pierre gesehen, sagt Philippe. Er hat einen schweren Verzweiflungsanfall gehabt, gestern. Er hat sich zum Bett herausgeworfen.
Wenn er glaubt, mich zu rühren, dann irrt er. Mag Jean-Pierre sich werfen, wohin er Lust hat.
– Es war nach deinem Besuch. Von dem du dich wohl gehütet hast mir ein Wort zu sagen. Was beweist, daß du nicht so sehr stolz darauf warst. Céline warum hast du das getan?
– Aus Laune.
– Verhärte dich nicht Céline. Ich versteh deinen Kummer. Ich verstehe ihn. Aber nicht in der Grausamkeit wirst du Trost finden.
– So so. Und worin dann? In der Ergebung?
– Schon eher, ja. Ich weiß wohl, daß es nicht leicht ist, aber ...
– Was du da sagst, mag angehen, wenn es Gott ist, der wegnimmt, und auch da möcht ich dich an meiner Stelle sehen; aber wenn es Jean-Pierre Bigeon ist –
– Das ist immer noch kein Grund, grausam zu sein. Die Rache ...
– Ich bin nicht grausam gewesen. Du treibst Psychologie. Mir ist die Psychologie ganz egal.
– Was denn? Nicht grausam? Du bist hingegangen, um ihm zu sagen, er habe seine Frau umgebracht, ein kleines Mädchen gelähmt ...

– Na und, das stimmt doch.
– Während man alles tat, um ihm die Wahrheit zu verhehlen!
– Warum?
– Ja hast du denn überhaupt kein Herz? Er muß sich setzen. Warum? Aus Mitleid, wenn man es dir schon sagen muß. Du, du empfindest das nicht, Mitleid?
– Er ist ein hirnloser Hornochse.
– Ja, ich weiß, du hast es ihm ja auch gesagt. Und das also erscheint dir ein ausreichender Grund?
– Ich bin nicht Jesus Christus, daß ich sogar mit Hornochsen Mitleid hätte, ich nicht. Und ihr übrigens auch nicht. Es ist kein Mitleid was ihr habt es ist Routine; und Solidarität. Ich habe wenigstens Mitleid mit den Leuten, die nicht verantwortlich sind. Ich habe Mitleid mit Julia, mit den armen Menschen in dem 2 CV, und den folgenden.
– Und Mitleid mit ihnen haben heißt sie rächen?
– Ich habe gar nichts gerächt. Höre Philippe, ich habe nichts gesucht, weder Rache, noch Trost, noch irgendwas Persönliches wenn du verstehen kannst was das heißt. Ich habe lediglich Jean-Pierre Bigeon auseinandergesetzt, daß er niemals mehr einen Wagen anrühren soll, weil er nicht damit umzugehen weiß. Das ist alles.
– Und das konnte nicht warten? Bist du ein Unmensch? Ja verstehst du denn nicht, daß man nicht zu einem Menschen in seinem Zustand geht, um ihm solche Sachen zu sagen? Er wird ihn ja nicht morgen anrühren, den Wagen! Du konntest warten, bis er in der Lage war, es zu ertragen!

– In der Lage zu ertragen: du weißt was das bedeutet bei den Hornochsen? Das heißt in der Lage, drauf zu pfeifen. Das ist was dickfälliges, ein Hornochse. Bei den Hornochsen muß man den Nagel einschlagen, solang die Masse weich ist. Hornvieh versteht nicht, es wird gezeichnet. Eben deshalb mußte man seinen Zustand benützen, damit es ihm einging, es hieß: jetzt oder nie, und da hab ich zugepackt.

– Nun, du kannst zufrieden sein! Sein Zustand hat sich verschlimmert seit deiner Einmischung. Es ist ihm offenbar eingegangen.

– Der Himmel geb es.

– Wenn er stirbt, bist du eine Verbrecherin! Hörst du? Eine Verbrecherin!

– Wenn er stirbt, dann an gebrochenen Rippen, nicht weil er aus dem Bett gefallen ist. Man stirbt nicht daran, daß man aus einem Bett fällt.

– Mein armes Mädchen du bist ohne jede Moral. Ich möchte lieber annehmen, daß der Kummer dich irreleitet. Ich muß sagen, ich wußte nicht, daß du Julia in solchem Maße liebtest. Nicht einmal, daß du so heftiger Gefühle fähig seist. Den Eindruck hattest du mir bisher gar nicht gemacht. Ich wage nicht zu hoffen, daß du für mich das gleiche getan hättest.

– Es ist nicht Kummer es ist Zorn. Ich hätte es für irgendwen getan.

– Reizend.

– Komm Philippe, leg dir deine Marschroute zurecht.

– Was?

– Entweder du findest meine Gefühle zu stark oder

du findest sie sind es nicht genug aber nicht beides gleichzeitig – oh und dann hab ich es satt mit dieser törichten Diskussion. Ich habe getan was ich tun zu müssen glaubte und wenn es nicht richtig ist wird man es ja beim Letzten Gericht erfahren, du bist es nicht der da zu richten hätte.

– Ich habe nicht recht gehört?

– Doch doch, du hast ganz recht gehört.

– Madame spielt den Gerichtsherrn und die übrigen Sterblichen haben nur mehr den Mund zu halten!...

– Ich bitte dich Philippe. Vermenge nicht kleine persönliche Geschichten und die ernsten Dinge. Das ist ermüdend.

– Du sagtest?

– Ich sage: Merde.

Philippe schlug die Tür hinter sich zu. Jean-Pierre Bigeon starb nicht, hatte übrigens nie daran gedacht. Diese Art Tiere haben eine harte Haut. Und er fuhr andere Wagen, und vielleicht tötete er andere Leute, ich weiß es nicht ich sah ihn nicht wieder. Philippe ersparte ihn mir, mit der Absicht, ihn – ihn – zu schonen. Er kam gut weg bei der Geschichte, da es seiner Versicherung gelang zu beweisen, der 2CV habe sich, obzwar die Böschung streifend, doch nicht ganz rechts gehalten. Das kleine Mädchen erhielt eine mäßige Rente. Julia allerdings war tot. Glücklicherweise, denn ihr Gesicht war zerquetscht als man sie aus den Trümmern des Victory zog. Ich betete, daß es sofort gewesen sei, wie bei der Katze.

Man sollte es sich nicht erlauben, ein Portrait zu machen, wenn man kein Talent hat. Die Leute können sterben. Dann bleibt nur mehr das Portrait, und es ist nicht gut. Ich schäme mich.
Ich habe versucht, neue zu machen, aus dem Gedächtnis. Ich biß mich fest.
– Wirklich ich wußte nicht, daß du Julia in solchem Maße liebtest, sagte Philippe immer wieder, von posthumer Eifersucht gepackt – er nämlich wußte nicht, daß ich versuchte, neu anzufangen, weil das Portrait nicht gut war und ich mich schämte; ich meinerseits weiß nicht, ob ich Julia liebte und in welchem Maße, außer daß ich es nicht ertragen konnte, es nicht ertragen konnte, daß jemand, der lebendig war, es nicht mehr sein sollte; noch die Vorstellung des Augenblicks, der Sekunde ertragen konnte, da sie den Wagen auf sich zukommen sah, denn sie hatte ihn gesehen; noch daß ihr Gesicht zerstört worden war noch ehe es zu den Würmern ging. An diese drei Dinge konnte ich nicht einmal zu denken ertragen das ist alles. Heißt das lieben, ich weiß es nicht. Das sind so Dinge.

Dieses Gesicht war nun allein in meinen Händen; und ich verfehlte es. Ein bißchen besser gelang mir die Szene Princesse de Clèves, so wie ich sie an jenem Tag gedacht hatte, und die ich mit Stéphanies Hilfe zu rekonstruieren versuchte; Stéphanie verließ mich kaum in jener Periode; ich glaube, sie war mir unentbehrlich. Sie schwänzte das Gymnasium. Ich ließ sie für beide Silhouetten Modell sitzen, bald für mich, malend, bald für die andere, auf immer abwesende. Wenn sie Julia »war«, weinte sie. Sie ertrug es nur mit Mühe, aber sie wollte nicht aufgeben, noch dem Drängen ihrer Mutter nachgeben, der diese »morbide« Geschichte gar nicht recht war, und die nicht davon abließ, ihr zu verbieten, »mich zu stören«. Meine Malerei begann den Leuten auf die Nerven zu gehen. Das dauerte zu lange. Daß nichts damit los war, das wußte ich. Ich hatte es nicht nötig, daß man es mir sage.

– Auch meine Frau malt, sagte Philippe, nach Ende eines Essens, als von dieser Kunst die Rede war. Er tat das manchmal vor bestimmten Leuten, daß er diesen pittoresken Zug in unserem Eheleben hervorhob. Diesmal wandte er sich dabei an einen Herrn, den wir noch nie empfangen hatten, und der die bedeutenden Gewinne, die er aus was weiß ich welchen Immobiliengeschäften zog, zum Erwerb einer Gemäldesammlung verwendete. Ein feinsinniger Kenner, wie man sagte. Folglich von vielen Leuten um seine Meinung befragt, und ich fand Philippe aufdringlich. Seine Bemerkung hatte bei dem Mann denn auch den in solchen Fällen üblichen Effekt: er

unterdrückte höflich eine Grimasse und verwandelte sie in ein mondänes Lächeln, über das ich mir keine Illusionen machte.
– Ich male nicht, ich kleckse. Es ist nichts weiter als eine müßige Ablenkung, ohne künstlerisches Interesse.
Ich gedachte, auf solche Weise den Kunstkenner von einer unnötigen Sorge zu befreien und die Unterhaltung von meiner Person. Philippe jedoch, ich weiß nicht warum, bohrte weiter. Aber nicht doch, sie spielt die Bescheidene; sie malt wirklich – und schon war er aufgestanden, »Ich werde Ihnen zeigen Sie werden mir sagen ...«
– Philippe, nein. Ich bitte dich.
Ich hatte keine Zeit, ihn zurückzuhalten. Ich mußte nun meinerseits aufstehen, das Schauspiel einer Gattin bieten, die hinter ihrem Ehegemahl herläuft und eine Unstimmigkeit zur Schau stellt. Die Ruhe, zu der ich mich bei diesem Schritt zwang, hielt mich so sehr auf, daß ich Philippe erst bei seiner Rückkehr traf, und ganz nahe an der Tür des Salons, wo er schon angelangt war, so schnell war er zu Werk gegangen. In Händen hielt er das erste Portrait und das letzte, beide gleichermaßen mißglückt, die Princesse de Clèves war glücklicherweise noch nicht trocken.
– Philippe, ich will es nicht. Es lohnt nicht ... Ich bitte dich ...
Ich war gezwungen, leise zu sprechen, wegen der Nähe des Salons, von wo diese Leute uns hören konnten.

– Weiß man's denn? sagte Philippe, indem er mich wegschob.
– Nein! Ich versuchte, mich der Bilder zu bemächtigen.
– Also denn doch, sagte Philippe und zeigte auf die Tür, die offen stand, gab mir zu verstehen, eine Szene wäre da nicht am Platze. Mit einer brutalen Bewegung zerrte er die Bilder aus meiner Hand, und ich sah in seinen Augen eine wilde Entschiedenheit, auf seinem Mund ein hämisches Lächeln. Dieser Ausdruck überraschte mich und zeigte mir zweifellos an, daß ein Kampf umsonst wäre; er war entschlossen. Er betrat den Raum, ich hinter ihm machte eine lächerliche Figur. Mit einem aufmunternden »Nicht wahr?« wurde das Portrait dem Herrn unter die Nase gerückt; der warf ein paar Sekunden den Blick darauf und sagte, den Anwesenden zugewandt:
– Bei der Gelegenheit, haben Sie die Ausstellung der Valadon gesehen? Ich denke daran, sagte er, auf mein ärmliches Werk zurückkommend, weil es eine der einzigen Frauen ist, die je eine Klaue verraten haben. Reizend, fügte er hinzu, indem er sich mir zuwandte, lange genug um Philippe zu zwingen, das Ding aus seiner Sicht zu bringen. Trotz so sehr mangelnder Ermutigung nahm das zweite seinen Platz ein. Reizend, sagte nochmal der Kunstliebhaber, und sah ebenso kurz hin, auf daß Philippe begreife, daß es diesmal endgültig genug sei. Philippe begriff recht langsam, fand ich. Ich brannte vor Scham und war wie gelähmt, durch die Anwesenheit all dieser Leute daran gehindert, irgend etwas zu tun, was meinem

Zustand entsprochen hätte. Da sah ich Stéphanie schnurgerade den Salon durchqueren, auf Philippe zustoßen, ihm die beiden Portraits aus den Händen reißen, die sie, die bemalte Seite verbergend, an sich drückte. »Komm«, sagte sie mir, beinahe im Befehlston. Ich gehorchte. Wir verließen den Raum, ohne daß irgendjemand ein Wort geäußert hätte.
Im Atelier brach ich zusammen. Diese Demütigung hatte ich nicht herausgefordert, sie war mir ins Gesicht geschleudert worden, es fiel mir schwer, sie zu ertragen. Ich wußte, daß meine Bilder schlecht waren. Ich hatte es nicht nötig, daß man es mir sagt, so von oben herab, und so öffentlich.
– Was für ein Schwein, dieser Kerl! sagte Stéphanie.
– Welcher?
– Na der Sammler halt!
– Oh den, den muß man verstehen. Überall schubst man ihm Weiber zwischen die Pfoten er hat es satt, er wehrt sich. Nur war es doch nicht ich, die sich an ihn gedrängelt hat! Ich weiß es doch, daß das Zeug nichts wert ist, das ich da mache! Mir braucht man's doch nicht durch einen Experten bestätigen zu lassen.
– Céline! ... Schau doch nicht so drein! ... Komm, wir gehen hinaus. Wir gehen spazieren.
– Ja aber da drüben ...
– Die da drüben sollen uns am Arsch lecken, wenn du meine Meinung wissen willst. Die da drüben sind dreckige Arschlöcher. Nach da drüben darfst du nicht gehen, nach dem, wie sie mit dir umgegangen sind. Übrigens verbietet es dir deine Ehre, das gibt dir einen offiziellen Grund. Wenn mein Bruder da wäre,

der hätte ihnen einen sauberen Streich gespielt, dieser Idiot muß dauernd irgendwo unterwegs sein und ich kann's ihm nicht übel nehmen, wenn er schon das Recht hat sich diesen Blödsinn zu schenken, aber der hätte eine tolle Idee gefunden um sie zu ärgern. Zieh deinen Nerz an, wir gehen auf den Strich, verdienen uns was und haben sie nicht mehr nötig.

– Und ich komm ins Gefängnis wegen Entführung einer Minderjährigen.

– Ich werd sagen, daß ich es war, die dich entführt hat.

– Das wird nicht gelten.

– Ich bring dir Konfitüren. Mit einer Feile drin.

– Und ich schmier mir die Finger voll.

– Die wäschst du.

– Da gibts kein Wasser.

– Dann lutschst du sie. Komm, wir gehen Coca-Cola trinken. Du trinkst Whisky, besäufst dich und vergißt deine Adresse, kannst nicht mehr nach Haus. Denn unter uns dein Philippe, wie, der ist ein wahrer Dreckskerl. Ein wahrer Dreckskerl. Komm los, wir gehen raus ohne Lärm zu machen. Wir lassen sie sitzen.

Und du verstehst, sagt sie: es war das Portrait von Julia! Mit dem Portrait von Julia hat er das gemacht. Da hat er den richtigen Griff gehabt!

– Zwei Fliegen auf einen Schlag. Der hat was los, der Philippe.

– Ein Dreckskerl.

– Warum hab ich ein schlechtes Portrait gemacht! Warum hab ich kein Talent!

– Vielleicht kommt es noch?
– Ich mal nicht mehr.
– Saukerl. Vielleicht machst du was anderes? Vielleicht wirst du eine gute Pianistin?
– Zu alt, nichts zu machen; die Finger. Ich werde nichts sein es ist zu spät. Ich weiß nichts was ich sein kann. Ich wollte alles und ich bin nichts! Ich weiß nicht was ich bin! Ich weiß nicht was ich mit mir anfangen soll! Für eine einzige Sache bin ich vielleicht begabt; fürs Leben. Aber das ist eine verlustbringende Tätigkeit. Für die gibts keinen Marktpreis. Niemand will was davon wissen! Ich weiß nicht was ich mit mir anfangen soll!
– Du sprichst wie ein russischer Säufer bei Dostojewski.
– Du kennst das?
– Ich hab sie im Kino gesehen. Wenn du schon daherreden mußt wie ein Säufer, komm wenigstens und besauf dich.

– Woher kommst du?
– Vom Spazierengehen.
– Was ist denn in dich gefahren?
– Das fragst du noch?
– Du wirst denn doch nicht eine derartige Geschichte aufziehen weil man deine Malerei nicht genial gefunden hat!

– Ich kenne niemanden, der dir im Wortemixen gleichkäme. Analyse: »eine derartige Geschichte« – erstens, ich bin einfach spazierengegangen; zweitens, du bist es der mir die fragliche Geschichte macht ich hab noch nicht einmal den Mund aufgemacht. »Man«: wer, man? jedermann, so wie dein Satz gedrechselt war. »Genial ...«
– Was hast du denn Céline? Aber mein Wort du hast ja getrunken? Du hältst dich kaum aufrecht und riechst nach Alkohol bis hierher!
– »Genial«: ein Wort, übertrieben bis zur Lüge, dazu bestimmt, den Eindruck zu erwecken, als hätte ich mich der Illusion hingegeben, meine Malerei könne es tatsächlich sein. Endlich, der Satz als Ganzes...
– Ich lasse dich reden, um zu sehen, wie weit du gehst ...
– Bis ans Ende: der Satz als Ganzes soll glauben machen, ich selber hätte Lobsprüche gesucht und ich sei beleidigt, weil ich keine geerntet habe. Während doch ...
– Was ist das für ein Durcheinander?
– Deiner, ich versuch ihn auseinander zu klauben.
– Ich bitte dich Céline ich habe nicht dich nötig um zu wissen, was ich sage.
– Oh das weißt du höchst genau, was du sagst: da ist nichts dem Zufall überlassen, ich will dir nur zeigen, daß auch ich es weiß. Während doch ...
– Und Stéphanie, was hast du mit der gemacht?
– Bei sich zu Hause.
– Die wird ja einen hübschen Krach kriegen.
– Damit rechnet sie schon.

– Nein aber du wirst doch nicht behaupten, du hättest sie mitgeschleppt, diesen Fratzen in deine ...
– Schandtaten Verderbtheiten Frevel Verworfenheiten Ausschweifungen Hurereien. Bacchanalien? Zügellosigkeiten, Zuwiderhandlungen ... Zuwiderhandlungen vielleicht?
– Es reicht.
– Hast du eins?
– Es reicht Céline!
– Was reicht? Er weiß es nicht. Es reicht Céline, ja. Céline reicht es. Hat genug. Sie ist es die mich gerettet hat, dieser Fratz, Gott segne sie dafür. Vor dir gerettet. Und bitte, Respekt vor ihr, sie hat mehr Intelligenz als eine ganze Fuhre Aignans. Engerlinge. Haha!
– Du bist betrunken also mach ich daraus kein Aufhebens.
– Recht so laß fallen warum solls nicht am Boden liegen. Übrigens hab ich meine grammatikalische Analyse nicht beendet. Entschuldigung, semantische Analyse. Zielt darauf hin, es so darzustellen, als hätte ich selber Lobsprüche gesucht.
– Das hast du schon gesagt.
– Unterbrich mich nicht. Während doch du es warst, der gegen meinen Willen mit verdächtiger Gewaltsamkeit, was sag ich da verdächtiger mit quellwasserklarer, mit mörderischer Gewaltsamkeit dahergegangen bist, meine Jammerarbeiten diesem Zementhändler unter die Nase zu halten um mir per Experten da du einen zur Hand hattest einen tödlichen Schlag auf die Schnauze geben zu lassen, Schweinehund. Du

siehst es du bist – Aber Philippe Aignan du hast mir eine Ohrfeige gegeben?

– Mit einer besoffenen Frau ist es das einzig mögliche System.

– Aber Philippe Aignan, du hast mir eine Ohrfeige gegeben? Hast du es bemerkt?

– Höre Céline ...

– Ich habe sie nicht gespürt weil ich besoffen bin, aber ich habe sie bemerkt! ... Du hast mir eine Ohrfeige gegeben Philippe Aignan. Es ist die erste.

– Hör Céline, du, du hast mich einen Schweinehund genannt.

– Und ich möchte dir mitteilen, daß es die letzte ist. Ich glaube ich werde gehen. Geradenwegs.

– Geradenwegs würde mich überraschen. Du kämst nicht weit. Höre Céline, bleib hier, ich bitte dich. Leg dich hin, morgen wird man weitersehen.

– Ich weiß nicht, ob man morgen sehen wird. Vielleicht sind wir morgen blind.

– Leg dich hin. Du bist nicht fähig, einen Schritt zu gehen.

– Ich möchte woanders schlafen. Gibts kein anderes Bett in diesem Haus? Dieses hier ist zu klein. Und es dreht sich.

– Aber nein es dreht sich nicht. Komm leg dich hin. Ich geb ja zu ich hab nicht recht getan, dir eine Ohrfeige zu geben. Es war eine Reflexhandlung.

– Übler Reflex.

– Nun ja. Schlupf ins Bett. Zu denken daß ich am Telefon gehangen bin mit den Polizeirevieren ... Verrückt vor Sorge. Und du währenddessen ...

– Und ich währenddessen bin eine miserable Malerin.
– Aber nicht doch nein nein.
– Hör mir gut zu: ich bin eine miserable Malerin, und ich weiß es. Ich bin sogar überhaupt keine Malerin, und ich weiß es. Einen Experten damit zu beauftragen, es mir offiziell zu bestätigen,
– Wenn du es so gut weißt was kann es dir dann ausmachen daß man es dir mitteilt? Ich versteh dich nicht.
– Komma, ist ein grundloser Akt perverser Bösartigkeit, begangen in der wohlüberlegten Absicht, zu schaden. Du verstehst mich nicht tralala. Aber ich, ich versteh dich, du bist ein Schweinehund Philippe.
– Ah hör mal jetzt fang nicht wieder an!
– Oder ein Trottel. Aber das glaub ich nicht. Und zudem ohrfeigst du. Kurz, ein Ehemann! Ach, nicht mit diesem Wort sollte geendet werden, es versöhnt mich mit allem übrigen!
– Céline, leg dich hin. Morgen werden wir mit ausgeruhtem Kopf über alles reden.
– Nein, morgen werden wir nicht reden. Morgen werd ich schlafen. Denn ich bin müde. Müde müde müde müde. Und ich hab es satt, satt, satt, satt satt. Ach was ich geh.
– Höre, bleib ruhig.
– Mir ist schlecht.
– Ist es soweit.
– Ah ah. Stimmt nicht. Aber ich hab es satt, das stimmt. Und ich werde nicht mehr malen. Nie mehr, ich schwör es bist du nun zufrieden mein Liebling?

Ich werde nicht mehr malen. Ich werde Klavier spielen!

– Aber ja doch. Morgen suchst du dir eins aus. Schlaf jetzt.

Auf die Weise bin ich zu meinem Klavier gekommen.

Ein Klavier gegen eine Ohrfeige, ich hab nicht das billigste genommen. Man hat seine Würde. Philippe auch: er hat den Scheck unterschrieben. Und doch weiß Gott daß er gewiß war ich hätte das einer Besoffenen gemachte Versprechen vergessen, das ihm nur in der Erwartung gänzlichen Gedächtnisschwunds entschlüpft war. Der Gartenzwerg. Soviel kann es einen kosten, seinen Nächsten zu verachten und allzu sehr auf seine Entwürdigung zu bauen. Halbe Million. Übrigens hab ich einfach jenes ausgesucht, das mir am besten gefiel; und Stéphanie gefiel, die den Preis kannte und am selben Abend ebenfalls ihre Ohrfeige erhalten hatte; jedoch kein Klavier. Und somit, wie ich fand, alles Anrecht darauf hatte, an diesem hier mit Teil zu haben.

– Das war es immerhin wert, sagte sie. Und wäre es nur, um dir als Bleilot gedient zu haben.

Das war es übrigens auch, was sie ihrer Mutter gesagt hatte, nach der Ohrfeige: macht nichts das war es wert ich verzeih dir; eine Bemerkung die ihr eine zweite eintrug, nach welcher sie klarstellte, selbst zwei sei es noch wert gewesen. Die Mutter hatte darauf verzichtet, die Versteigerung noch höher zu treiben, seit fünf Jahren hatte sie keine Ohrfeigen mehr gegeben. Aber man muß sich in die Lage einer Mutter versetzen, die ihre Tochter um zwei Uhr früh nach Hause kommen sieht, während der Vater in Verzweiflung alle Krankenhäuser der Stadt anruft. Stéphanie hat es wohl verstanden und trägt ihnen nichts nach.

– Wenn du einmal verheiratet bist, wirst du besser entschädigt.

– Danke herzlich, mit den Beispielen, die ich um mich herum habe, einer der sein Weib umbringt der andere der sie ohrfeigt, dazu meine Alten die nicht miteinander reden, ob mich das ermutigen kann. Ich gedenke eher eine Dirne zu werden. Bruno hat mir gesagt was sie täglich verdienen sei sehr ordentlich.

Ich hielt es für meine Pflicht, ihr die Nachteile des Berufes vorzuhalten, über die sie zu unterrichten Bruno versäumt hatte, und von denen ich aus zweiter Hand einiges wußte. Sie war zu idealistisch diese Göre. Ich sprach von der Mühsal des vielen Herumstehens, der hohen Absätze, des schlechten Wetters; die Unvermeidlichkeit der Zuhälter war ihr unangenehm. Statt auf die Syphilis zu kommen und auf Einzelheiten, die ihrem Alter nicht anstanden, zeigte ich ihr auf der Straße einige Herren, die gerade vorübergingen, und fragte sie: und der da? Bei Dreißigern wollte sie schon nicht mehr recht. Ich befürchte, die rue Blondel eines bemerkenswerten Elementes beraubt zu haben. Aber ich glaube, Stéphanie habe ich einen Dienst erwiesen: entscheidend ist es, sachgemäß unterrichtet zu sein; jetzt soll sie tun was sie mag. Ich schloß dahingehend, mit Rücksicht auf die Nachteile der Arbeit gegen Stücklohn, die denen der Arbeit gegen Pauschalentlohnung mindestens gleichkämen, sei in puncto Hurentätigkeit die sicherste, die wenigst ermüdende, sofern man in der richtigen Gesinnung, das heißt einer streng praktischen, an sie gehe, immer noch die Eh

Wer spricht da? Wer sagt solche Dinge? Wer ist diese zynische und blasierte Person?

– Was ist denn auf einmal los mit dir? Hast einen Geist verschluckt?

– Das war nicht ich, die da gesprochen hat.

– Wer war's?

– Kenn ich nicht. Ich jedenfalls habe dergleichen Gedanken nicht. Niemals.

– Was für Gedanken hast du dann?

– Daß man, um Liebe zu genießen, einer gewissen Begeisterung bedarf. Daß man den kleinen Lichtschein suchen muß, der, warte ich muß mich erinnern, es ist so lang her, aber warte, kleiner Lichtschein schwacher Lichtschein, es wird mir sicher wieder kommen. Die Männer sind kleine Bruchstücke. Ah ja: »Die Vollkommenheit ist im Himmel und auf Erden gibt es nur schwache verstreute Lichtscheine und das eben ist es die Liebe der Männer es ist die wundervollste Sache auf der Welt besonders wenn zur gleichen Zeit schön Wetter ist und der Wein gut ist und mit dem Mond muß man vermittels des Lichtscheins der Liebe fröhnen« amen. Das bin ich. Aha ja daran erkenn ich mich recht: welch eine Flasche.

– Und von wegen futtern?
– Sich durchwursteln. Vöglein im Himmel. Auf Gott vertrauen.
– Den es, sofern ich dich recht kenne, nicht gibt?
– Den es nicht gibt.
– Bequem.
– Nein; aber interessant. Spender bedeutender Freuden, selbst wenn auf Illusionen beruhend. Es lebe die Illusion, wenn sie nur zur Befrie – wenn sie – kurzum. Aber horch mal ich weiß schon wer es war, der an meiner Stelle sprach, eben erst! Es ist eine Krankheit, die ich in letzter Zeit erwischt habe. Eine tödliche Krankheit, wenn sie nicht zur rechten Zeit kommt.
– Und das wäre?
– Lebenserfahrung.
– Ich liebe dich.
– Erwisch sie nie, diese Krankheit!
– Ich liebe dich. Seit langem übrigens.
– Das ist es, was sie aus mir gemacht hat: eine zynische Hure ohne Redlichkeit, die Klaviere kauft.
– Ich weiß, daß du mich gehört hast.
– Aber gewiß, ich bin ja nicht taub. Also gut, ich habe einen Nerz; ein Klavier; Kleider; zu Weihnachten krieg ich Perlen; Julia war es, die wollte, ich sollte Perlen haben, und ich werd sie verlangen! Ich werde sie als Geschenk von ihr bekommen. Aus dem Jenseits. Ihre aus dem Jenseits mir gereichte Hand, Perlen haltend. Also werden sie echt sein müssen, bei solcher Herkunft.
– Du liebtest Julia.

– Ich weiß es nicht. Was ist das: lieben? Weißt du es vielleicht?
– Céline, du willst mir nicht antworten!
– Worauf? Du hast mir keine Frage gestellt. Ich habe nichts bemerkt. Hast du eine Frage an mich gerichtet?
– Ich habe dir eine Erklärung gemacht.
– Ich habe sie zur Kenntnis genommen. Was fängt man an mit einer Erklärung?
– Du bist hart.
– Da auf einmal, mitten in Paris. Auf dem Trocadéro-Platz. Ist das ein Ort? Komm, gehen wir wo anders hin, gehen wir ins Quartier Latin, es ist eine Höllenzeit her, daß ich es nicht einmal mehr betreten habe. Ich habe es satt hier.
– Meinetwegen antwortest du mir auch nicht es ist mir gleich ich liebe dich trotzdem ob du nun willst oder nicht. Schließlich ist es meine Sache!
– Na also, jetzt wären wir so weit. Du bist so weit. Übrigens gratulier ich dir, leicht war es nicht. Und ich danke dir, denn für eine Erklärung schuldet man Dank, es ist eine Ehre, die man einem antut, einen zu lieben. Denn der Gott mein lieber Phaidros wohnt in dem der liebt, nicht in dem der geliebt wird; obwohl er ihn in jenem sieht, oder zu sehen glaubt. Nun aber, hat er auch wirklich recht? Denn der Gott mein lieber Phaidros wohnt in dem, der geliebt wird, wo der, welcher liebt, ihn durch seine Menschwerdung sieht, ohne die er Ihn niemals hätte erblicken können – und auf solche Weise wird Leidenschaft zum Weg der Erkenntnis und erlaubt es uns, dahin

zu gelangen, wohin wir ohne ihre Vermittlung niemals aufgestiegen wären.

– Und das bist nun du, die da spricht?

– Das ist Plato, Umarbeitung Rodes 1963, Paris. Kali-Yuga. Und so kommt es mein lieber Phaidros daß es gut ist zu lieben, oder aber geliebt zu werden, aber nicht beides zugleich, wenn möglich. Wenn möglich. Wenn irgend möglich. Denn da kommt es zum Fall, wo zwei gegeneinander gestellte Spiegel aneinander zerbrechen, wenn sie versuchen, einander zu erreichen. Ungerechnet vierzehn Jahre des Unglücks. Spring nach dem Taxi da.

– So bin es also ich, die liebt?

– Du hast es wenigstens gesagt.

– Und du bist es, die geliebt wird?

– Zwangsläufig, der Grammatik nach. Und zutiefst gut so, du wirst es feststellen.

– Wenn ich ihn recht verstanden habe ...

– Wen?

– Plato.

– Ach so.

– Wenn ich euch beide recht verstanden habe, bist du damit einverstanden, geliebt zu werden?

– Ja, was könnte ich dazu tun? Die Grammatik zwingt mich. Und, Stéphanie, es ist ungeheuer gefährlich.

– Für wen?

– Für die Schwachen.

– Ich bin stark!

– Niemand ist stark. Niemand. Weshalb auch wir,
– Mein lieber Phaidros,
– Meine liebe Stéphanie, schweigen wollen. Genug der Madrigale. Komm, ich kauf dir dieses Buch, aus dem ich dir zitiert habe, und von dem ich kein einziges Wort mehr in Erinnerung habe.

Eine Buchhandlung. Voller Bücher. Wieviel Jahrhunderte sind es, daß ich den Fuß in keine Buchhandlung mehr gesetzt habe? Ach, es gab eine Zeit, da klaute ich die Bücher, aus Bedürfnis, aus wahnwitzigem Bedürfnis; aus Liebe; und seitdem ich sie mir leisten kann, geh ich nicht mehr in Buchhandlungen! Welche Ungeheuerlichkeit, immerhin! Welch widerwärtiger Undank! Oh, aber ich werde es gutmachen! Hundertfach will ich euch entschädigen! Stéphanie hat mit in die Wohnung klettern müssen, um mir beim Transport zu helfen.
– Was soll denn das alles? Hast du die Absicht, ins Gymnasium zu gehen?
Natürlich ist es Philippe, der so spricht man hat ihn erkannt. Dies eine Mal ist Philippe vor mir nach Hause gekommen. Wir haben im Flore ein Gläschen getrunken und dann ein Gläschen im Nuage und dann haben wir Kiki getroffen naja und jedenfalls sind wir jetzt da.
– Deine Mutter hat angerufen, Stefi. Sie fragt sich noch, wo du hingekommen bist. Genauer, sie fragt es sich gar nicht.
– Na dann ist ja alles in Ordnung, sag ich.

– Nein alles ist eben nicht in Ordnung! Mutter findet, daß Stéphanie anderes zu tun hätte als – ja was habt ihr denn wirklich getrieben?
– Wir haben Bücher gekauft.
– Das seh ich.
– Warum fragst du dann.
– Du ... also du ... Stéphanie, ruf deine Mutter an. Ja, sofort. Ich sag es dir doch. Du (zu mir) hattest mir doch versprochen!
– Was?
– Nicht mehr zu trinken!
– Ich? Wann soll das gewesen sein?
– Als du betrunken warst.
– Also wie soll ich denn da, Philippe das ist doch nicht ernst zu nehmen.
– Ja Mama –, nein Mama – Hör zu Mama ...
– Abgesehen davon hab ich gar nicht getrunken.
– Du riechst danach.
– Ich rieche weil du noch nicht getrunken hast. Es ist ein bloßer Zeitunterschied. Ich bin in der vierten Dimension und du bist in der dritten geblieben.
– Ach du mit deinen Sophismen!
– Aber schließlich Philippe was nennst du trinken?
– Trinken. Trinken halt!
– Ich hab nicht genügend Bücher gekauft. Es fehlt das Wörterbuch, das uns erlaubte, miteinander zu reden, du und ich. Ich fürchte nur, es ist im Handel nicht zu haben. Ich werd es anfertigen. Morgen, morgen fang ich an damit. Ich kaufe Papier ...
– Aber nein Mama – Hör doch Mama – Aber Mama – ich versichere dir Mama – Aijaijai – Also immerhin

Mama – Ach hols der Teufel am End – Schön – Ja – Gut – In Ordnung. Ojojo was die nervös sein kann deine Mutter!

– Du wirst mir den Gefallen tun jetzt abzuhauen. Ich persönlich hab es satt dich dauernd hier zu sehen.

– Sie auch. Angeblich langweile ich Céline.

– Mich? Woher weiß sie das? Mir scheint vor allen anderen müßt ich das selber wissen.

– Recht so, ermutige sie noch. Und ihr Abitur, bildest du dir ein sie kriegts vom Rumstreunen?

– Das sind zwei Jahre hin, da kann sie schon noch ein wenig streunen.

– Aber ich lerne doch, mit Céline! Sie zitiert dauernd Philosophen!

– Philosophen. Sieh mal. Das mitanzuhören würde mich interessieren.

– Ich hab's ja früher versucht Philippe: du hast mir jedes Mal die Schneid abgekauft. Und jetzt willst du Philosophen haben, was? Nun wohl, du wirst keine kriegen. Ich schmolle. Denn siehst du mein liebes Spießerchen wenn zwei einander gegenüber gestellte Spiegel aneinander zerbrechen was bleibt dann von dem schönen Bild das einst wiedergespiegelt wurde – was sage ich? Was erzähl ich da? Was könnten zwei einander gegenüber gestellte Spiegel wiederspiegeln? Was können sie wiederspiegeln mein lieber Phaidros? Ich bin verrückt. Von Anfang an hab ich mich geirrt.

– Daran kann kein Zweifel sein. Und du, du bist immer noch da? Ist es nicht eine Viertelstunde her, daß ich dir gesagt habe, du sollst abhauen? Gut Nacht!

– Stéphanie! dein Buch du vergißt es. Da ist eins für dich dabei in dem Haufen, wo ist es nur. Warte, ich hab es.

– Wenn sie Hindernisse querlegen sagte sie mir zwischen zwei Türen, dann wird Romeo und Julia aus meiner Geschichte.

– Ich bitt dich, halte durch. Es begann gut. Wir gehen in den Untergrund das ist alles.

– Du holst mich am Tor vom Gymnasium ab.

– Mit Bonbons. Und einem weißen Bart. Ich ende noch beim Schierlingstrank, Xantippos wird ihn mir in kleinen täglichen Dosen reichen ...

– Du bist noch nicht weg Stéphanie?

– Geh. Es ist die Lerche. Auf morgen.

Um zwei Uhr früh Philippe, gestern. Und ohne zu telefonieren. Er war bei einem Essen, einem Geschäftsessen, ohne Frauen, das ist es jedenfalls was er mir gesagt hat und ich hab allen Grund es zu glauben (ja ja ich weiß schon, man wird lachen über mich, aber dies freundliche Vorurteil zugunsten schmausender Ehemänner stammt aus der Zeit des Vaudevilles und in Paris ist es heutzutage die Monogamie, die in Mode ist. Und dann, sollte ich mich irren so macht es auch nichts es hat nichts mit der Geschichte zu tun.) Also er tritt ein, lächelnd, liebenswürdig, findet mich im Bett, in Lektüre vertieft. Ich nütze es aus; wenn er da ist, schließt man früher.

– Du schläfst nicht Liebste?
– Wie du siehst nein.
– Du wartetest auf mich?
– Nein, ich las.
Pause. Sie lastet. Er wandert im Zimmer herum. Geht sich ausziehen. Kommt wieder. Gammelt.
– Im Grunde also bist du ganz ruhig.
– Ich liebe es im Bett zu lesen das stimmt.
– Wenn ich nicht da bin bist du ganz ruhig.
– ... (kein Kommentar: welchen auch?)
– Du hast dich nicht gesorgt.
– Wenn ich mich gesorgt habe Liebster so ist es jetzt zu Ende du bist ja da.
– Du hättest mir sagen können du hättest dich gesorgt.
– Ganz bestimmt hättest du das als eine Szene aufgefaßt, die ich dir mache, und als eine Offensive gegen deine Freiheit. Und du hättest mich abfahren lassen.
– Mag sein. Aber es hätte mir gezeigt, daß dir an mir liegt. Von Zeit zu Zeit hat man es nötig, so etwas zu erfahren. Es können einem Zweifel kommen. Wenn einer sieht, wie eine Frau neben ihm her lebt, sich setzt, im Haus herumwandert, seine Anwesenheit nicht zu bemerken scheint ... wie sie ihren Beschäftigungen nachgeht ...
– Von denen die meisten eben dieses Haus betreffen.
– Und anderen, und anderen ...
– Darf das nicht sein?
– Der nie der Gedanke einer Geste kommt.

– Immerhin gebe ich keine Ohrfeigen.
– Ach das ist es also? Du bist ausdauernd in deiner Unversöhnlichkeit.
– Aber nein das ist es nicht. Du sprachst von Gesten da hab ich halt dran gedacht.
– Vielleicht wäre es besser, du tätest es, Ohrfeigen geben! Und du unternähmest Offensiven, wie du es nennst, gegen meine Freiheit. Und du machtest mir Szenen, meinetwegen sogar Eifersuchtsszenen! Lieber als dieses Nichts! Madame geht aus, macht Spaziergänge, ißt Eisportionen mit einer halbwüchsigen Range, als wäre sie selbst eine! Mit einunddreißig Jahren! (das würde er mir, immer galant, auf keinen Fall schenken). Oder sie ist in ihre Bücher vertieft. All dieser Blödsinn! – zur Unterstreichung letzter Äußerung fliegt, von seinem Handrücken expediert, das gerade in meinen Händen befindliche Exemplar quer durchs Zimmer.
Da hätten wir's also. Mit einem Mal verstehe ich, warum das Klavier ohne Krise genehmigt wurde. Als er mir zuhörte, hat er rasch begriffen, daß diese allzu späte Unternehmung denn doch ohne Hoffnung war.
– Und was ist das, dieses da? Er geht daran, aus der Entfernung und verkehrt herum den Titel des zu Boden liegenden Feindes zu entziffern. »Die zehn Arten, Kühe zu hüten.« Hast du vor, dich der Landwirtschaft zu widmen?
– Na ja. Ich habe Bedürfnis nach dem Land letzthin.
Weiß Gott daß ich nicht daran dachte aber er hat mich soeben auf den Gedanken gebracht.

– Nach reiner Luft. Die Luft hier macht mich tödlich blutarm ich glaube die rue de la Pompe ist besonders ungesund, übrigens habe ich mich auf morgen beim Arzt angesagt, – ich improvisiere glänzend – wenn er mich so findet wie ich mich fühle, habe ich vor, nach Italien zu gehen, zu Julias Eltern. Du erinnerst dich, daß sie mich eingeladen haben, den Tag – an dem sie gekommen sind. Ich brauche nur ein Telegramm zu schicken.

– Julia. Und du fragst dich nicht, ob mir das paßt, ob ich nicht meinerseits andere Dispositionen getroffen habe, bei denen mit deiner Anwesenheit gerechnet würde! . . .

– Wenn ein Landaufenthalt mir vorgeschrieben wird, werde ich dir ein ärztliches Zeugnis bringen. In solchen Fällen geben sich selbst Arbeitgeber zufrieden.

Er wird gleich sterben ich hab ihn umgebracht er wird sterben. Ich versuche nicht zu lachen. Der Arme. Mit seiner steckengebliebenen Szene, für deren Ende ich gesorgt habe, ehe sie noch das geringste Resultat haben konnte, mit seiner Gewalttätigkeit, die nicht mehr aufzuwirbeln vermochte als ein unglückliches Buch, und seinem schwerfälligen Spott, Kühe betreffend, der so peinlich auf ihn selbst zurückfiel und bei dem ich ihm so brav nur folgte, um ihn einer Lächerlichkeit preiszugeben, deren Ausmaß er ermessen wird, sobald er, kaum hab ich den Rücken gekehrt, in dem Schmöker schnüffeln und seiner Ahnungslosigkeit bewußt werden wird, wie auch des Punktes, zu dem ich gelangt bin, denn es ist ein buddhistischer Text – ach der Arme. Er weiß nicht, daß ich mich

ans Judo gemacht habe. Eine der fürs eheliche Leben nützlichsten Kenntnisse.
Er ist starr geronnen wie ein Zitronensorbet. Morgen wird er es sein, der eine Krise hat, der im Bett liegen wird, ich werde ihn pflegen, trotz allem mein ärztliches Zeugnis in der Tasche denn ich rede nicht ins Blaue.
Und kommende Woche, glückhafter Wind.

– Du verläßt mich, sagt Stéphanie. Du wirst nicht mehr da sein. Ich werde dich nicht mehr sehen.
– All dies ist zutiefst wahr.
Wir lutschen Bonbons, sitzen auf einer Anlagenbank. Ich hab sie am Tor des Gymnasiums abgeholt und ihr welche gebracht. Wie versprochen. Es ist viel lustiger, wenn es wahr ist.
– Und du wirst mir fehlen.
– Komm Stéphanie, selbst wenn ich in Rom bin werde ich um nichts weniger weiter existieren. Eine vulgäre Frage der Geographie sollte genügen, deinen Zustand zu verändern?
– Nein. Aber er wird sich verschlimmern.
– Er wird ernster werden. Schön so wird er die Form wechseln, zur großen Abwesenheit werden.
– Das erscheint mir recht intellektuell ...
– Schon aber es ist vielleicht besser so. Denn ich glaube nicht, wie unser guter Meister, daß wir zusammengesetzt seien aus Leib und Seele.

– O Herr, bei mir ist es ein verfluchtes Gemisch von beiden. Wenn du wüßtest.

– Sei still. Laßt uns nicht wissen, ich fahre weg, das ist ausgezeichnet.

– Nein! es ist nicht die Lerche, es ist die Nachtigall!

– Geh Stéphanie, es ist die Amsel, die du hörst. Adieu.

– Adieu Céline. Erlaub mir, an dich zu denken.

Man ist ahnungslos. Man macht sich nichts klar. Man kennt sich nicht. Ganz ruhig ging ich vor mich hin. Brav. Keusch.
Philippe fehlte mir nicht. Seine Abwesenheit blieb sozusagen unbeachtet. Ich hab mich gleich daran gewöhnt. Da reden die Leute von Gewohnheit. Nichts könnte vergänglicher sein, rascher aufzugeben. Als ich am zweiten Abend dabei war, mich auf dem Bett auszustrecken, habe ich bemerkt, daß ich allein schlief. Am Tag zuvor war es mir nicht aufgefallen. Aus meiner Ungerührtheit schloß ich auf meine Loslösung von den Dingen des Geschlechts; es verschaffte mir mehr Erleichterung als Bedauern.
Ganz ruhig ging ich in dem großen Haus; ich spazierte auf den Hügeln, unter den Olivenbäumen. Ich träumte vor mich hin, dachte an Stéphanie; an die Liebe, an die wirkliche, meine ich; diejenige meine ich, die darin besteht, zu lieben, und nicht darin, geliebt sein zu wollen, zwei voneinander unterschiedene Haltungen, zwischen denen die bewußte schreckliche Vermischung statt hat. Es schien mir, als hätte

ich Stéphanie eine einzigartige Gelegenheit geboten, in der aktiven Form zu lieben, ohne schlimmes Dazwischentreten der passiven Form. Ich fragte mich, was von ihnen das bessere sei, zu lieben oder geliebt zu werden. Ich schloß, es sei das erstere.
Mir wurde offenbar, daß ich selbst niemals in dieser Weise geliebt hatte; niemand hatte mich dazu verurteilt. Das hieß also, daß ich alles in allem niemals geliebt hatte. Jemanden geliebt hatte. Ohne Forderung nach Gegenseitigkeit – welch ein Wunder! Ich beneidete Stéphanie. Ich versetzte mich an ihre Stelle. Ich fand großes Gefallen daran. Ich mußte an mich halten, um nun nicht meinerseits sie zu lieben, um der Gnade ihres Zustands willen. Das aber hätte alles verdorben. Ich mußte in meiner bescheidenen Rolle bleiben, der des Objekts der Liebe.
Ins Unabsehbare sinnierte ich um Liebe. Es ist das Land, das danach verlangt. Es ist so mild, beinahe göttlich. Die Pinien dort sind ewig grün, die Ölbäume schimmern ewig silbern, der Himmel ist ewig blau, und ewig strahlt die Sonne. Hier ist gut sein. Wozu anderswo hingehen mein Gott! Was nur treiben sie da drüben, unter idiotischen Himmeln? Warum nur haben sie sich alle mit Hammelherdentrieb in dieses Hundelager von Norden verzogen, mit Nebel Regen und Dreck?
Der Dreck allerdings ist der ihre, nicht der des Landstrichs. Schließlich kanns nicht schaden daß sie sich dort niedergelassen haben so bleibt die Möglichkeit dahin zu gehen, wo es schön ist, und wo sie nicht sind.

Am Abend ist ein toller Mond. Ich habe das Glück gehabt, anzukommen, als er im Zunehmen war. Ich sah die Mondsichel. Jeden Abend werde ich sie nun wachsen sehen. Das ist eine wirkliche Beschäftigung. Nackt am Himmel, in seinem Glanz. Oder aber durchs Blätterwerk der Ölbäume. Oder am Wipfel einer Pinie. Ich tue ihn hin, wo ich will, laß ihn sich bewegen, weise ihm seinen Platz an. Ich liebe ihn. Dem Haus gegenüber, am Gipfel eines Hügels, stehen Pinien in einer Linie von wahrer Vollkommenheit. Pinien: erstaunlich. Der Mond: erstaunlich. Welch ein Glück, den Mond zu haben! Man macht es sich nicht genügend klar, aber es ist ein ungeheures Glück! Ebenso gut hätte man keinen haben können. Unser Planet, welch ein Juwel; die Farben, die Formen; alles. Nein wirklich, Herr, der ist dir gelungen, da ist nur ein Ding, das dir schief gegangen ist: das letzte. Da warst du vielleicht müde? Aber alles andere, da ist wirklich nichts dagegen zu sagen. Im besonderen der Mond: der ist ein wirkliches Geschenk. Danke. Es gibt Leute, die finden das lächerlich, den Mond anzuschauen: die mögen sich nur gleich in einen Kohlenkeller stecken lassen.
Es gibt Leute, die ihn gar nicht sehen. Und vielleicht gibts am Ende Leute, die etwas anderes sehen als was ich sehe. Was Rundes. Philippe sieht sicherlich etwas Rundes. Und die Blätter der Ölbäume, die er übersilbert, kleine Stückchen von Hellem, das sich bewegt. Ich aber liebe. Ich liebe. Liebe. Der Himmel bei Nacht, das macht mich verrückt. Ich jage auf den Hügeln herum wie eine Irre. Und am Tag ist es die

Sonne, die mich umwirft. Auch die Sonne ist erstaunlich. Sag ich Gutes vom Mond, so heißt das nicht, daß ich die Sonne nicht liebe. Man dürfte nicht von mir verlangen, daß ich wähle. Aber man verlangt es nicht von mir. Man gibt mir beide. Ist das nicht großartig?

Ich tue haargenau gar nichts, außer da zu sein. Und das nimmt alle meine Zeit in Anspruch. Ich lebe inmitten dieser Leute, die nichts anderes sind als nett. Nett. Das wäre etwas Erstaunliches? Mich verwundert es jede Stunde des Tages: ich war es nicht mehr gewöhnt; da wo ich lebe, gibt es das ganz einfach nicht mehr, ist verloren vergessen; da ist Anmaßung, Dünkel, Hochmut, Ironie, falsche Brillanz ganz in Worten, ganz obenhin, und wegen der geringsten Kleinigkeit aggressiv üble Laune, Verdruß, Bitterkeit. Aber was hat es, dieses, so sagt man, einst so heitere Volk, einst das geistreichste der Erde genannt, und jetzt so zänkisch, mürrisch, und prüde? Was ist mit ihm geschehen? Hierzulande haben sie diese Krankheit noch nicht, der Himmel erspare sie ihnen! Sie sind nett: wie ausruhsam! Wie erfreulich! Wenn ihr es wüßtet ihr tätet es auch es würde euch locken. Mir ist wohl. Ich helfe im Haus; ich lerne die Küche der Gegend: die Dinge selbst zu tun, wie ausruhsam! Lasagnen-Tag, Gnocchi-Tag, Abacchio-Tag! Und was trinke ich an Frascati zusammen, wir liegen gerade darüber, die Reben sind um uns her, schwarz noch, mit grünen Köpfen. Ich glaube, die Nachtigall hat begonnen, mir schien heute nacht, ich hörte sie; aber ich schlafe immer schon vor ihrer Stunde, ich habe es vielleicht geträumt. Eines Abends werde ich warten; ich werde geduldig sein. Unter einem Olivenbaum werde ich zu meditieren beginnen. Ich werde ein Buch mitnehmen: vielleicht wird der Mond hell genug sein. Ich lese den heiligen Augustin und buddhistische Texte. So weit bin ich also, so weit war ich, als Fabrizio den Raum betrat.

Nachträglich wird man sagen: diese Frau war reif für den Ehebruch. Ich selber habe nicht verfehlt es zu tun. Es war offenkundig, es sprang in die Augen. Ach ja, das ist leicht, nachher, es zu sagen. Vorher, da hätte man mir das Herz öffnen können, und man hätte nichts davon gesehen.
Auf solche Weise habe ich die Nachtigall gehört. Der Mond war voll, endlich. Vielleicht hatte sie eben darauf gewartet.

Einige Tage später bin ich weggefahren. So war es vorgesehen, daß ich wegfahren würde. Ich bin weg. Das Leben ist einfach. Wie Philippe sagt.

Nun also laßt uns von der Liebe reden. Wollen wir ein wenig darüber reden!
– Hast eine gute Reise gehabt?
– Eine ausgezeichnete. Das Wetter war schön. Du

ahnst es nicht, wie das Wetter ist, da drüben. Von hier aus kann man sich's nicht einmal vorstellen, so tief stecken wir drin in der Brühe. Hör nur, ich bin weg unter blauem Himmel. Wirklich blau. Über Mailand begannen wir, zwischen Wolken zu kommen. Einfach Wolken. Aber dann, als wir über Paris ankamen, das, das werd ich nie vergessen. Da drunten da, ein Spülbecken voller zähem, schwarzem, widerlichem Dreck. Ich hab mir gesagt: das kann nicht sein da drunter kann man nicht leben. Man brächte es nicht fertig. Man würde ersticken. Na und genau da hinein sind wir geflogen. In das Spülbekken. Wir sind drin versunken, wörtlich. Man sah nichts. Was Graues. Nichts. Ich habs mit der Angst bekommen, ich schwörs dir. Ich hab mir gesagt Nie und nimmer werden sie den Boden sehen.

– Du weißt doch daß sie Radar haben.

– Aber das ist doch nicht die Frage! Natürlich weiß ich, daß sie Radar haben. Was mich gepackt hatte, war rein animalisch: ich wollte nicht da hinein! Der Selbsterhaltungstrieb wahrscheinlich. Nachher, nach der Landung, hab ich schon bemerkt, daß man doch was sah; ich konnte die Baracken unterscheiden, dieses Schweinezeug aus Glas, ich bin raus aus dem Flugzeug, es sah alles normal aus, gewohnt, die Menschen gingen, lebten, es schien nicht so, als ob sie am Krepieren wären – und auch ich ganz wie sie. Außer daß ich jetzt weiß, daß man in der Scheiße lebt: ich hab sie mit eigenen Augen gesehen, von oben. Ich habe uns gesehen. Jetzt sehe ich mich. Ich weiß, daß ich in der Scheiße herumlaufe. Kein Zweifel mehr.

Das ist kein Gerede. Es ist bewiesen. Ich werd's nicht mehr vergessen. Zu jeder Stunde werde ich es wissen.
– Es ist vielleicht nicht unbedingt nötig, daß du dir Zwangsvorstellungen zusammenreimst.
Zwangsvorstellung: Bewußtsein von einer wirklich existierenden Sache. (Notiz für das Célino-Philippinische Wörterbuch). Funktion des Wortes: die wirklich existierende Sache, welche stört, als eine nur vorgestellte auszugeben, damit sie auf diese Weise geschluckt werde und das Fest weitergehe. Anderes Beispiel: Atombombe: – Manische Zwangsvorstellung einiger grämlicher Geister von 1945 bis ... Funktion: die Bombe abschaffen. »Malta gibts nicht.« Es wird sehr reizend werden dieses Wörterbuch. Eigentlich ist Célino-Philippinisch ein viel zu eng gefaßter Titel für ein Werk von solcher Bedeutung. Es verdient eine allgemeinere Fassung. Es ist eine Sache öffentlichen Interesses. Ich werde es Semantisches Wörterbuch nennen. Merde, ich werd es machen! Semantisches Néo-Bourgeoises Wörterbuch.
– Jedenfalls scheinst du in Form zurückgekehrt zu sein von dieser kleinen Reise. Du hast deine Zunge wieder.
– Ja. Es hat mir gut getan.
Derart ist der Weg der ehebrecherischen Frau: sie ißt, wischt sich den Mund ab, und dann sagt sie: es hat mir gut getan.
Na was denn: es stimmt. Selbst Philippe gewinnt dabei, ich bin netter. Angesteckt vielleicht von den dortigen Sitten, noch nicht wieder eingestellt auf die hiesigen. Was das Übrige betrifft, so geht es eigent-

lich eher besser. Sieh mal an, so ging es denn nicht so sehr gut?
Es gibt drei Dinge, die über meine Fassungskraft gehen. Und vier, die ich nicht zu begreifen weiß: die Spur des Adlers am Himmel; die Spur der Schlange auf dem Fels; die Spur des Schiffes auf dem Meer; und die Spur des Mannes bei der jungen Frau.
Auch ich begreife nicht.

Mit einem Mal bin ich über meinem Teller in Tränen ausgebrochen.
– Was ist mit dir los? Aber was hast du denn mein Schatz was ist es denn?
Es war der große Chor aus der Johannespassion. Das Radio gab das ganze Werk; beinah zerstreut hörte ich hin; und auf ein Mal fiel der große Chor über mich her. Ich war nicht darauf gefaßt. Er war auf jungfräulichen Boden gefallen, mit der ganzen Last seiner Schönheit. So hatte er mich überraschend angefallen und alsbald bezwungen.
– Es ist die Musik.
So liebte ich denn die Musik. Ich liebte sie wieder, sie war mir zurückgegeben. Das Glück verdoppelte meine Tränen.
– Die Musik? Philippe sieht zum Apparat hin, dem Anlaß dieses Zusammenbruchs. Das ist sehr schön, in der Tat. Er horcht. Dennoch, immerhin ... Du bist sicher, daß es nur das ist? Sollte es nichts anderes geben, was du mir verbirgst?

– Du findest nicht, daß das genug ist?
– Ich weiß nicht. Aber immerhin, eine so heftige Reaktion ... Oder du bist recht überempfänglich. Ich weiß nicht, ob du recht getan hast, mit deinen Medikamenten aufzuhören.
– Medikamente gegen Musik?
Gott sei dank der Chor ist zu Ende. Es wäre mir schwer gefallen, beide auf einmal zu ertragen, Philippe und Bach. Ich werde die Platte kaufen.
– Wahrscheinlich bin ich nur einfach empfänglich. Gott sei Dank.
Überempfänglich: fähig, Eindrücke aufzunehmen. Gegenteil von überempfänglich: normal. – Überhaupt nichts empfinden. Beispiel: einen Radioapparat für zweihunderttausend kaufen, ihn anstellen, während man ißt, und nicht hören, was aus ihm herauskommt.
Das Wörterbuch macht Fortschritte. Ich habe den Littré gekauft und das Dictionnaire Überkommener Ideen. Man muß sich auf die Meister stützen, wie leicht auch immer. Und der letztere wenigstens wußte auch sein Päckchen über den Stumpfsinn; er ist mir nützlicher als die Immatrikulation für Philologie, die ich aus übertriebener Gewissenhaftigkeit vornehmen zu müssen glaubte, und die als Hauptresultat eine der besten Nummern Philippes gehabt hat, über das Thema Das wäre vielleicht wieder eine Idee was willst du denn damit anstellen mein armes Mädchen und noch dazu in deinem Alter, du, die du es niemals auch nur zu einem Abschlußexamen gebracht hast mitsamt all dem Zeug das du angeblich gelernt hast.

Was eine Tatsache ist. Gleichviel. Die Philologie jedenfalls ergibt gar nichts. Warum lieben es die Leute so sehr, sich in Einzelheiten zu verlieren, welch sonderbares Genie läßt sie unter allen gerade jene auswählen, die mit dem Wesentlichen keinen Berührungspunkt haben, welch merkwürdige Abneigung hindert sie daran, mit vollen Armen die wahre Wissenschaft in ihrer Allgemeinheit zu umfassen – ebenso viele Geheimnisse für mich, Geheimnisse der Männer. Allein die Mathematiker besitzen Kühnheit, sie sind so fern, aber sobald man sich dem Konkreten nähert ist es nur Flucht, Auflösung, die Große Kurzsichtigkeit. Ich habe, in einem Anfall wütender Raserei, unbestimmt daran gedacht, einen Lehrstuhl zu stiften; ich habe zu Philippe ein paar Worte darüber gesagt, um zu sehen, wie er reagierte, das ist immer unterhaltlich. Belehrend: Wie das so denkt, ein Mann. Lassen wir's. Die Philologie hab ich aufgegeben die kann mich gern haben. Ah ah, das wußt ich doch, Mein armes Mädchen, Das also auch nicht, usw., das bekannte Lied. Und was tust du mit all diesen Papieren, was ist das für eine neue Marotte?
– Ich mache ein Wörterbuch.
– Sie ist verrückt. Du tätest besser daran ins Bett zu kommen.
Wozu?
Denn schließlich und endlich, warum sich was vormachen. Die Mechanik funktioniert noch, aber an der Begeisterung mangelt es einigermaßen gegen Mitternacht im ehelichen Bett. Und manchesmal »packt mich die Große Faulheit«.

Liebe. – A: für eine Frau; völlige Hingabe ans häusliche Leben, mitsamt Nachtdienst. B: für den Mann; damit ganz zufrieden zu sein.

Liebe: Annahme und Betrachtung eines Anderen als man selbst ist, so, wie er ist, und ohne Erwartung von Gegenseitigkeit. Das ist das Absolute Wörterbuch. Ich verfasse ein absolutes Wörterbuch, sagt Stéphanie.

Und dein Abitur! sagt alle Welt; und Philippe: du hast einen katastrophalen Einfluß auf diese Range. Sie sieht nur durch dich, sie ahmt dich nach, sie spricht mit deinen Worten. Du wirst sie völlig torpedieren.

– Was torpedieren anlangt, da kenn ich jemanden der läuft mir den Rang ab.

– Wer?

– Du.

– Ich? Was soll das wieder heißen? Bitte, was soll das heißen? Kannst du deinen Gedanken etwas genauer fassen?

– Ich werde dir einen Katalog zusammenstellen.

– Einen Katalog! Ein Wörterbuch! Ah ah! Hör mal, du bist total bekloppt mein armes Mädchen. Das bist du.

– Top.

– Was top?

– Beispiel für Torpedierung: du bist total bekloppt mein armes Mädchen das bist du. Da braucht man gar nicht lang zu suchen.

– Wenn du so sicher wärest, es nicht zu sein, dann

wären's nicht meine armseligen Worte die dich »torpedieren« könnten. Das beweist zur Genüge, daß du nicht ganz in Ordnung bist.

– Top! Zweites Beispiel. Zweifel säen.

– Natürlich wenn du dich an jedes Wort anklammerst! das wird zur Paranoia.

– Top.

– Aber du bist ja verrückt!

– Top.

– Ach jetzt reichts aber!

– Du bist es, der von mir verlangt hat, ich sollte es genauer sagen. Wohlgemerkt, das war nicht erste Wahl, diese Beispiele, ich hab sie genommen wie sie kamen. Du kannst viel Besseres leisten.

– Ich frage mich was in dich gefahren ist in letzter Zeit. Du bist ... du bist ...

– Na was? Du suchst ein Wort, das nicht zertrümmernd wäre, was? und findest keines? Ich bin ... ich bin ... Ich bin was ich bin wenn du es wissen willst, vielleicht ist es gerade das was dir nicht gefällt? Was ich bin?

– Alleinige Bedingung der Liebe: daß der Andere bereit sei, sich lieben zu lassen. Das ist hart.

– Aber glaube nicht, daß die Rolle des Anderen die leichtere sei.

– Soll heißen?

– Ich weigere mich, genauer auszuführen.

– Wäre es gefährlich?

– Sehr sehr.

– Welch ein Glück.
– Gehen wir raus. Gehen wir spazieren. Das Wetter ist schön. Es ist verbrecherisch, bei solchem Wetter eingesperrt zu bleiben. Im übrigen hab ich ein Stelldichein verabredet.
– Da hast du aber sehr recht getan.
Philippe hat mir gesagt: ich frage mich, was du treibst in letzter Zeit, offenbar unterliegst du irgendeinem Einfluß. Hättest du am Ende mit deinen alten Freunden wieder angeknüpft? Ich möchte nicht, daß er sich den Kopf zerbricht für nichts und wieder nichts der arme Liebling. Ich habe wieder angeknüpft.

Thomas zieht ein burleskes Unterhaltungsetablissement auf. Es nimmt sich aus wie ein landesüblicher Saloon, nicht weiter aufdringlich und ziemlich bordellesk. Man fragt sich sogar, wohin die Treppe im Hintergrund führen mag.
– Wird's also ein Striptease geben? fragt Stéphanie.
– Und ob es ein Striptease geben wird.
– Und da werden Sie Céline engagieren?
– Warum Céline?
– Das stimmte nicht Stéphanie ich hab dir da was vorgeschwindelt. Ich habe nie Striptease gemacht. Öffentlich.
– Aber tatsächlich, privatim warst du begabt.
– Ich wußt es ja, sagt Stéphanie.
– Wieso? fragt Thomas, der nicht so leicht was ausläßt.
– Sie bildet sich was ein, sage ich.

– Ja ja, ich bilde mir was ein, sagt Stéphanie.

– Na ja! sagt Thomas. Aber sag mal Céline, du hast dich nicht so sehr verändert!

– Ich glaube, ich bin dabei, mich immer weniger zu verändern.

– Wirklich? sagt er und sieht mich genauer an. Sag mal, wie lang ist das nun her?

– Ich will nicht daran denken.

– Guter Gott, der Liebeskummer, den du mir angehängt hast. Und wünschst du zu wissen, wie ich davon geheilt wurde? Setzt euch, was trinkt man? Eines Abends hab ich, lang nachher, in einem Nachtlokal, wo ich ein bißchen public relations betrieb, drei Paare von jener Art kommen sehen, die eben solche widerlichen Orte aufsucht. Ich war an der Bar. Ich sah euch, und ihr saht mich nicht. Es war da eine bemerkenswerte Dunkelbraune dabei.

– Julia, sagte Stéphanie.

– Sie ist tot, sagte ich.

– Woran? so jung.

– An einem Ehemann. Nein, denk nicht er habe sie unter sich getötet, oh nein: er saß am Steuer.

– Sie verdiente Besseres. Dich jedenfalls hab ich nur mit großer Mühe wiedererkannt. Ärgere dich nicht mein Schatz, aber man gab dir leichten Herzens vierzig. Du warst ... ich kann es dir nicht sagen.

– Ich war nicht?

– Es war peinlich mitanzusehen; für mich, meine ich; für die Leute warst du eine von diesen Frauen, eher nicht übel, hübsch würde ich sagen, hübscher als du bist, gut eingewickelt, halt in Uniform. Und sahst

ein bißchen doof aus. Du. Ich hab mir gesagt Merde und das also Céline! und war geheilt. Entschuldige.
– Das war Madame Philippe Aignan.
– Richtig, daran hätte ich denken müssen. Schönen guten Tag, Céline.
– Guten Tag Thomas. Und er umarmt mich.
Nein im Ernst, ich mochte Thomas gern. Ich habe Thomas immer gern gehabt; er hat was von einem Mann; er ist ein Freund.
– Jedenfalls wenn du damit einverstanden bist, einen Strip zu machen, und wenn meine Erinnerung nichts übertrieben hat, und wenn du noch die gleichen Maße hast, bin ich gern dabei, dich zu engagieren. Sie laufen einem nicht über den Weg, die amüsanten Mädchen die sich im Naturzustand produzieren können, ich suche welche.
– Ehrlich gesagt Thomas so sehr als Nackedei kann ich auch nicht herumlaufen, immerhin bin ich – verheiratet.
– Und ich? Ich möchte gern Striptease machen. Ich habe das Gefühl, daß ich begabt bin.
– Ich nehme an, daß ich schon am zweiten Tag nicht alle Gäste unterbrächte, aber –
– Sechzehn Jahre, sag ich. Nichteinmal.
– Aber am dritten säße ich im Kittchen, Lolita.
– Stéphanie. Scheiße nochmal, kaum daß ich mich rühre bring ich Leute ins Kittchen. Das kann einen ja lahmlegen. Eines Tages werde ich mich dieser Eigenart bedienen um einen reinzulegen, der mir nicht paßt.
– Nun das alles ist recht schade sagt Thomas. Ihr

zwei miteinander hättet mir verflixte Nummern erfunden. Denn Erfindungsgabe, die wird selten, und die Weibsleute die daherkommen und sich ohne jeden Anlaß vor aller Welt ausziehen von denen hab ich langsam genug.

– Ach an Ideen fehlts dir? Ideen könnten wir dir vielleicht finden, ohne weiter zu gehen.

– Das ist nicht dumm. Ich bin Käufer. Warum tatsächlich solltest du nicht mit mir arbeiten? Ich werkele da mit einem Burschen, der dabei ist, alle Nachtlokale von Paris aufzukaufen. Ich suche für mich einen kleinen Brain-trust, public relations, Leute, die ein bißchen zu amüsieren wissen ...

Solltest arbeiten. Solltest arbeiten. Das wäre einmal was Neues, das da ganz sachte im Konjunktiv auf mich zukommt.

Zehn hab ich ihm gefunden, zehn Strip-Ideen, und an einem einzigen Nachmittag. Und über dem üblichen Niveau, das ich gut kenne, denn für uns, die jungen Hausstände, ist das eine unserer gewohnten Zerstreuungen: man geht zum Strip. Das gehört sich. Das ist unsere kleine Ausschweifung, mit Netz. In Treue fest die unseren unsere Scheichs, Augen ausgerichtet auf einen fremden Prachtbalkon. Eine Methode, prüd zu bleiben und sich doch allerlei Anschein zu geben. Und besonders: ohne Folgen. Kurzum, ich will damit nur sagen, ich bin schon in der Lage, zu vergleichen.

– Auch Stéphanie hat ihrerseits welche gefunden, darunter eine für ein kleines Mädchen von elf Jahren, mit dem Titel: wie man einen Trottel ins Kittchen bringt.
Aber es ist uns teuer zu stehen gekommen.

– Ich hab noch eine andere Idee, sagt sie. Aber vielleicht nicht sehr für die Öffentlichkeit. Phaidros, in Gestalt eines fünfzehnjährigen Mädchens, liebt Sokrates, in Gestalt einer jungen Frau. Sokrates hätte nichts weiter zu tun, als Phaidros tun zu lassen, was er will ...
– Wie wärs mit einem Spaziergang?
– Ah nein, ich hab genug davon! Allmählich tun mir die Füße weh von dem dauernden Spazierengehen! Céline, ich meutere. Du spielst nicht ehrlich. Denn mein lieber Sokrates, kannst du mir sagen, wo geschrieben steht, daß Sich lieben lassen nur aus der Entfernung gilt?
– Du weigerst dich also, spazieren zu gehen?
– Ja.
– Dritte Aufforderung.
– Ich weigere mich, spazieren zu gehen, Céline.

So teuer ist es uns zu stehen gekommen.

Thomas hat die zehn Ideen gekauft, und auch die von Stéphanie, ich werde sie durch eine falsche Minder-

jährige ausführen lassen, das wird seinen Reiz haben. Ich habe den Scheck genommen, der nicht geradezu ganz Peru war aber existierte, nach meinem Wunsch ausgestellt auf den Namen Céline Rodes, und ich hab ihn zur Bank gebracht, um unter diesem Titel ein Konto eröffnen zu lassen. Bei Prüfung meiner Papiere hat man mich befragt, was es mit diesem Namen Aignan auf sich habe. Ich habe gesagt, es sei der meines Mannes. Man hat mir gesagt, wenn ich verheiratet sei, dann verhalte es sich anders, ich müsse dann eine eheliche Genehmigung haben.
Ich habe gesagt, ich wolle sie holen gehen. Mit meinen alten Papieren von früher her bin ich zu einer andern Bank gegangen und habe ein Konto angelegt. Ich wußte nicht, daß wir unter Napoleon leben. Als Adresse gab ich die von Thomas an, ich ging manchmal zu ihm. Die Gnädige Frau ist um fünf Uhr ausgegangen.
In Wirklichkeit arbeiten Thomas und ich meistens. Ich habe eine Menge Ideen gefunden für seinen Laden; wirkliche Überraschungseffekte wie im Western; zwischen die Bühnen-Attraktionen hinein ein Wettschießen mit Luftpistolen, als Preis das Recht mit Way Mest zu trinken, der Primadonna, einer riesengroßen Blonden, betörend, die aus den Tiefen ihrer Kehle singt. Und ganze Haufen anderer Ulke, ich quelle nur so davon über, mein Hirn ist ein wahrer Brunnen. Sobald ich ein bißchen mehr Zeit habe, werde ich ihm Publikumskontakt machen; er will mich pro Monat bezahlen.
Sobald ich ein bißchen mehr Zeit habe? . . .

– Céline, ich beabsichtige, dir eine erhebliche Summe zur Verfügung zu stellen. Ich möchte, daß du dir einige Kleider kaufst, aber nun wirklich ersten Ranges. Laß dich durch die Preise nicht beeindrucken. Mir scheint, du vernachlässigst diese Frage seit einiger Zeit ein wenig; es ist übrigens nicht die einzige aber lassen wir das, daß du eine Aufwartefrau angestellt hast um Juana zu helfen ist nur in Ordnung aber daß das Resultat sich auch nicht viel besser anläßt ist es weniger, offenbar achtest du nicht genügend darauf, du bist dauernd draußen, ich weiß übrigens nicht was du da treibst noch wen du triffst, aber gut, das war es nicht, wovon ich mit dir reden wollte. Also denn, ich hätte gern, daß du dich ein wenig ausstaffierst. Geh zu den Modeschauen.
– Aber das ödet mich ja entsetzlich an, man sieht, daß du nicht weißt wie's da zugeht.
– Dann geh meinetwegen nicht hin, sagt er ohne sich dabei aufzuhalten, aber finde anständige Kleider. Und dann, könntest du nicht versuchen zu einem guten Friseur zu gehen? Mit diesen Haaren, die nie nachgewachsen sind, hab ich mich ja abgefunden deine Abnutzungstaktik hat mich klein gekriegt, aber zumindest bringe sie einigermaßen in Ordnung. Es gibt Friseure die noch mit vier Borsten Wunderwerke zustande bringen. Du kannst ja Elisabeth fragen, wo sie hingeht.
– Ich weiß es. Man wartet drei Stunden. Das macht mich verrückt.
– In der Tat verfügst du über sehr wenig Zeit. Jedenfalls für mich.

– Ich möchte arbeiten.
– Wie? Ja wozu denn das? Es kommt genügend Geld herein in dieses Haus, ich hab's nicht nötig, daß meine Frau arbeitet! Außerdem was wolltest du denn tun? ich seh dich nicht in einem Büro, nach acht Tagen wird man dich vor die Tür setzen, überhaupt was ist das für eine plötzliche Laune! es ist ja wahr, ich müßte mich daran gewöhnt haben. Es ist halt eine mehr was sonst ich bin ja dumm was reg ich mich auf. Wie dem auch sei das kommt nicht in Frage, selbst als Laune. Ich werde dich nämlich brauchen, für mich. Ich habe Pläne.
– Was für welche?
– Ich werd es dir schon sagen, wenn es so weit ist. Noch ist es nicht getan. Alles, worum ich dich im Augenblick bitte, ist, freundlicherweise tun zu wollen, was ich dir gesagt habe. Es ist ein Gefallen, den ich von dir erwarte, du kannst ihn mir schon tun, will mir scheinen, das ist wohl das Mindeste.
»Ist wohl das Mindeste«. Im Austausch wofür ich hinwiederum, usw. Sie sind immer auf dem Markt diese Luden. Na schön, da alles seinen Preis hat:
– Aber Philippe ich will ja gern alles, nur scheinst du dir nicht klar darüber zu sein, wieviel Zeit die geringste Besorgung in Paris kostet ... Du wirfst mir vor, die ganze Zeit draußen zu sein, aber es liegt auch daran, sobald man einmal draußen ist, kommt man ja so und so oft einfach nicht mehr nach Haus! Du merkst das nicht, du mit dem Wagen ...
Na schön, ich hab ihn bekommen. Mehr hat es da gar nicht gebraucht. Im Endeffekt kostet es sie einen ir-

ren Preis, ihr Tauschsystem. Ich habe einen Italiener genommen.
Und dennoch ist es traurig. Es macht mich ein bißchen melancholisch, das alles. Gehn wir einen trinken.

– Jetzt hab ich Sie erwischt, Céline! Auf frischer Tat! Verderberin meiner kleinen Schwester. Zu Hause hörte ich davon reden, aber ich wußte nicht, wie der Vorgang sich abwickelte. Ich seh's, sagt Bruno.
Was er sieht, ist Stéphanie ein Coca trinken, und mich einen Pastis, auf der Terrasse des Café Flore.
– Was sagt man, zu Hause?
– Oh, mit verdeckten Worten. Sie verdecken alles. Aber man macht sich Kummer. Sie wissen ja wie sie sind: besorgt um unsere kleinen Seelen. Die Stéphanies sei in großer Gefahr. Man habe da ein gewisses intimes Tagebuch entdeckt ...
– Oh das stimmt nicht ich führ keins! So dumm bin ich ja auch nicht!
– Es war ein Versuchsballon. Und die Célines wandelt sich platterdings zur Schwärze. Einen Augenblick lang waren Sie beliebt, teure Schwägerin, und dann, seit einiger Zeit ...
– Ich weiß, ich bin auf dem laufenden, Philippe sagt es mir alle Tage. Er weiß nicht was mit mir ist.
– Auf alle Fälle sinkt Ihr Kurs da drüben von Stunde zu Stunde, was bedeutet, daß er bei mir von Stunde zu Stunde steigt. Ich suchte eine Gelegenheit es Ihnen zu sagen Céline; das wäre getan. Darf ich mich setzen?
– Ich glaubte bemerkt zu haben, auch das sei schon getan.

– Aber ich bin wohlerzogen. Auch einen Pastis. Céline, zu Beginn hatten Sie mich hingerissen ...
– Ich suchte eine Gelegenheit, Sie zu Ihrem Sinn fürs jeweils Passende an diesem Tag zu beglückwünschen. Sie hatten sie mir nie gegeben, man sieht Sie nie Bruno.
– Ich war enttäuscht.
– Ich folgte meinen Obliegenheiten.
– Zum Karmel, zum Karmel! Ach was war das komisch. Ich war ohne Sorge. Beruhigt. Denn ich nähre seit je einen lieben Traum, sagt er. Wißt ihr welchen? Man sagt ihm, daß man es nicht wisse.
– Den Ältesten gehörnt zu sehen ... Hab' ich da einen Blick zwischen euch erspäht? Einen verständnisinnigen Blick? Hab ich recht verstanden? Er ist es? Sollte es der Fall sein, so wird meine Ergötzung daran noch lebhafter sein, wenn er Abgeordneter wird. Ein Abgeordneter muß Hörner tragen.
Das also wars. Die Pläne. Die Kleider. Die Großzügigkeit. Nichts natürlich war zu schön für ein so hohes Unternehmen. Ich eilte zu Balenciaga.
Tags darauf waren wir bei Dior. Undsoweiter. Halbtot vor Lachen auf den Stühlen der Salons schiedsrichterten Bruno und Stéphanie: man baute eine Abgeordnetengemahlin auf. Dies Monument kostete Philippe ein Heidengeld, aber schließlich und endlich wars ja eine Anlage, es käme wieder herein.

– Ach da bist du endlich. Ich war allmählich in Sorge. Ich hatte drei Stunden gewartet, bis dieses Kleid fertig war, antwortete ich; es stimmte nur zu einem Drittel, das Übrige war in Lustbarkeiten aufgegangen. Ein wundervolles Kleid, ein Abendkleid, vierhunderttausend. Das trifft sich jetzt eben können wir es einweihen, sagt er.
Überraschend hatten wir ein Diner, zumindest unsere Einladung war es, wahrscheinlich im letzten Augenblick durch irgend eine Intrige zustande gebracht. Ein großes Diner (Merde) sehr wichtig sagt Philippe, und im Zusammenhang damit war es nun angebracht daß ich (dies ist der Augenblick ist der Moment) die Großen Pläne erführe, die berühmten und bisher geheimen, von denen vielleicht bei Tisch gesprochen würde denn nun war es so weit es war Offiziell (was warf er sich in die Brust), und daß ich in der Lage sei, im Hinblick auf eben diese und im Sinne unserer Gemeinsamen Interessen zu reagieren, holen Sie Atem. Denn wenn die Dinge seinen Erwartungen gemäß liefen, konnten sie sehr weit führen, und es war nötig, daß ich mich vorbereite auf die für jemanden wie mich völlig unerhoffte Rolle, zu der mich sein Aufstieg vielleicht emporheben würde. Durch seinen durchsichtigen Schädel hindurch konnte ich die Hoffnungen übereinander rumpeln sehen, er sah sich schon Minister, Präsident der Republik, und an seiner Seite durchschnitt ich Bänder und schleuderte Sektflaschen auf Flugzeugträger. Welch ein Leben, in der Tat. Nun also nach diesem ganzen Berg gebar er seine Maus, und beobachtete ihren Effekt.

Ich fragte, unter welchem Partei-Etikett. Die Frage schien ihn zu überraschen, sie führte uns zurück zu lachhaften Nebenfragen; er nannte, wie eine Selbstverständlichkeit, die damalige Mehrheitspartei.

– Aber ich dachte du seist bürgerlich-radikal?

Ganz entschieden war ich gemein mit meiner Sorge ums triviale Detail. Nichtsdestoweniger entschloß er sich zu einer Erklärung:

– Sie waren in Ordnung zu einer bestimmten Zeit. Aber sie sind zu irrealistisch geworden; sie haben ärgerliche Positionen eingenommen; sie haben alle ihre Chancen verloren. Aber was hat das alles zu sagen, zieh dich rasch an. Laß es mal sehen, dieses Kleid? Es ist tatsächlich tadellos. Wird gehen.

– Vierhunderttausend. Während hingegen du, du bist realistisch?

– Wie bitte? Stell dir vor Céline daß man, wenn man etwas zustande bringen will, besser daran tut, da zu sein als nicht da zu sein. Ziehst du dich an?

– Das hängt davon ab, was für ein etwas man zustande bringen will.

– Wie bitte?

– Wenn es Schweinereien sind ist es besser nicht da zu sein. Sofern man einige Moral hat.

– Hör Céline beeil dich statt zu schwätzen, ich will auf gar keinen Fall bei diesem Diner mich verspäten.

Offenbar ist er nicht ganz sicher daß sein Platz vorgemerkt ist, es ist alles so schnell gegangen, im letzten Augenblick, er will da sein um allenfalls die Sache in Ordnung zu bringen ...

– Auf jeden Fall gibt es eine Stimme, die du nicht haben wirst. Die meine.
– So?
Diesmal ist er ehrlich erstaunt. Er bleibt darüber bei seiner Krawatte stecken. Ich war Ministersgattin, ich schnitt Bänder, er sprach zum Volk, ging es da um so Zeug wie Stimmen?
– Schön kannst dir Haarwickel draus machen. Ohnehin stelle ich mich nicht da wo du wählst – da du offenbar wählst. Sofern man das wählen nennen kann, seine Ehestreitigkeiten an den Urnen abzumachen.
– Komm Philippe. Es ist halt so, daß ich nach der Richtung nicht wähle.
– Gnädigste stellen ihre politischen Ideen höher als ihre persönlichen Gefühle. Gnädigste lassen sich vom Gemahl nicht an der Leine führen.
– Komm Philippe. Das eine oders andere. Entweder man trägt Ehestreitigkeiten aus oder man stellt seine Ideen über ... ach und wozu zerbrech ich mir den Kopf es ist hoffnungslos, dein Hirn funktioniert so.
– Mein Hirn funktioniert sehr gut, vielen Dank.
– Durchaus sehr gut. Es ist ein perfektes bürgerliches Hirn. Ein wahres Muster seiner Art. Im Grunde bin ich froh, das Glück gehabt zu haben, es genauer zu betrachten. Man verliert niemals alle seine Zeit, genau genommen.
– Weißt du, ich bin darüber hinaus, mich bei all den Ungeheuerlichkeiten aufzuhalten, die du äußerst, weil ich ...
– ... weil du sonst zu spät zu diesem Diner kämst, das sie an Wichtigkeit weit übertrifft.

– Genau. Im Augenblick hab ich an andere Dinge zu denken. Ich will einfach hinzufügen, daß es eine wahre Freude für einen Mann ist, eine Frau zu haben, die ihm beisteht; und daß es der Mühe wert ist, sich abzuarbeiten, um dir eine glänzende und bequeme Existenz zu bieten, von der zu profitieren du übrigens keinen Anstand nimmst, sagt er und zeigt mit weiter Geste auf die Gesamtheit meiner Person, Balenciaga echte Perlen und erstrangiger Friseur, von der er nur vergißt (jedenfalls so tut), daß sie so zusammengerichtet nur auf seinen Befehl ist und daß, läge es nur an mir ...
– Für mich also tust du das alles? Lieber Philippe!
– Jedenfalls profitierst du davon, wie ich eben sagte! Du spuckst wohl mit Worten auf die »bürgerlichen Hirne«, keineswegs aber auf das, was aus ihnen kommt! Hab mindestens so viel Schamgefühl, zu schweigen.
– Ein letztes Wort immerhin, gerade zu diesem Punkt: ich muß dir sagen, daß ich nicht die Frau eines Abgeordneten dieser Richtung sein werde. Ehrensache. Ich will dich ehrlich warnen.
– Erpressung. Ja was denkst du denn? Daß das irgend etwas ausmachen wird? Also hör Céline, du bist frei, deinerseits zu denken was du willst – da du schon denkst –, also laß mir bitte die gleiche Freiheit. Da du dich schon als »Demokratin« bezeichnest. Ich tue was mir richtig erscheint, und alles was ich von dir verlange, ist, mich nicht daran zu hindern, und unter anderem mich jetzt zu diesem Diner zu begleiten und dich dort in einer meinen Plänen förderlichen

Weise zu benehmen. Ich hoffe, das ist wohl verstanden.
Es wars. Ich lieferte ihm den Beweis dafür, indem ich, was ich an Charme habe, bei den Persönlichkeiten entfaltete, die mir Philippe als wichtig für seine Karriere bezeichnet hatte. Er ging von dort weg mit vier Einladungen zu anderen Diners, und insbesondere bringen Sie Ihre anbetungswürdige Frau mit; und überzeugt davon, die bitteren Worte, die zuvor gewechselt worden waren, seien dahin gegangen, wohin alle Worte gehen, in die Vergessenheit. Höchst guter Laune war Philippe, und entzückt von mir, so sehr daß er es mich merken ließ.
Er küßte mich!
– Du siehst, wenn ich arbeite. Da kommt was raus. Vielleicht ist es auch ein wenig das Kleid, es ist toll sexy, nur da kommt man zu einem solchen Resultat, es ist ja ein bißchen teuer aber du siehst nicht verloren. Und ich habe drei Rendezvous für die kommende Woche!
– Was? fuhr er auf und übersah eine Ampel auf rot. Ich zog mein Notizbüchlein heraus und nannte ihm die Namen, die Termine und Orte, die ich sorgfältig aufgeschrieben hatte. Und das sind keine Nulpen siehst du: gerade die wichtigsten.
– Aber du bist ja verrückt! Ich habe dich nicht gebeten, so weit zu gehen!
– Ich bin nicht so weit gegangen sie sind gekommen.
– Ja aber – was wirst du denn jetzt tun?
– Ich werde tun was du willst Philippe: wenn du mir sagst ich soll hingehen werd ich hingehen, wenn

du mir sagst ich soll nicht hingehen werd ich nicht hingehen.
– Aber Céline ... bist du nicht zurechnungsfähig ... oder du tust es mit Absicht ... Du bringst mich in eine Situation ...
In eine ärgerliche, gelt. Tralala. Ich in meiner Ecke amüsier mich. Erst schickt man seine Frau auf den Strich mit vierhunderttausend auf dem Arsch und nachher möchte man, es soll streng nach Maß sein und anders heißen. Jetzt ist er zutiefst getroffen.
Tatsächlich bin ich brav gewesen. Mir lag nichts daran, mir diese Schwachköpfe zuzulegen, und das noch zur höheren Ehre Philippes. Ich habe die Kokette gespielt. Man bittet mich. Man telefoniert mir. Bei den Stunden, die ich angegeben habe, ist es selten, daß Philippe nicht da ist. So kann er den Handel mitanhören. Im allerhellsten Tageslicht. Nachher, wenn er weg muß, und er muß ja, um seine kleine Vorbereitungsarbeit im Gelände zu leisten, an der Wiege seiner Familie, wo man ihn kandidieren läßt, macht er sich seine Sorgen.
Daran tut er sehr unrecht. Das ist keine Kost für mich. Wenns nur an mir liegt, werd ich nicht dran rühren, nicht mit einer Pinzette. Nein wenn Philippe weg ist nutz ich es aus, da arbeite ich; ich verbringe meine Abende in meinem Saloon, beobachte die Wirkung meiner Ideen aufs Publikum; versuche sie zu verbessern, und neue zu finden, ich mache die Wirtin, ich helfe Thomas, der seinerseits einen sehr guten Pianisten engagiert hat, sehr lustig, schön durchtränkt, und der Musik wirklich liebt; mit dem man

reden kann; Nicolas und ich haben zusammen eine Aufnahme der Johannespassion ausgesucht.
Sobald man die Welt der Bourgeois verläßt, beginnt man Sicht auf Männer zu bekommen.

– Ich komme nach Haus, ich finde das Haus leer. Ich weiß nicht, wo ich dich erreichen kann. Das Mädchen ist ausgegangen. Ich warte. Die Zeit fürs Abendessen kommt und du bist immer noch nicht da. Das Mädchen auch nicht. Ich bin gezwungen, zu meinen Eltern essen zu gehen! schließt er, am äußersten Gipfel der Empörung.
– Wenn du alles hergerichtet finden willst, mußt du Nachricht geben, wann du nach Haus kommst. Wir haben Telefon. Ich erwartete dich morgen.
– Nachricht geben, um nach Haus zu kommen! Also das wäre ja der Höhepunkt.
– Ja wenn du alles hergerichtet finden willst.
– Übrigens hab ich telefoniert. Kein Mensch da. Und ich muß bis drei Uhr früh warten um dich endlich zu sehen! um zu wissen, daß du lebst! Wo warst du?
– Ich war aus.
– Eine etwas magere Erklärung. Und du wirst natürlich nicht sagen, mit wem.
– Mit deinem Bruder.
Übrigens stimmt es.
– Mein Bruder jetzt. Nach meiner Schwester, mein Bruder! Und da kannst du lachen!

– Aber Philippe es ist komisch!
– Ach ja, du also findest das komisch! Das Haus leer, die Frau man weiß nicht wo, und übrigens ist es ja, wenn ich da bin, nicht viel anders, Madame weiß, wohin sie ausgeht, hat ihre höchsteigenen Freunde – und ihre geistigen Betätigungen!
Daraufhin fliegt in höchster Unordnung von meinem Tisch ein Haufen Blätter, von seiner Hand hinweggefegt. Meine Papiere! Er hat in meinen Papieren gewühlt!
– Du hast meine Papiere durchsucht!
– Ja wie denn? Hast du Geheimnisse?
– Ihr Bourgeois! höflich obenhin, und die übelste Gemeinheit innen drin. Ihr seid widerlich.
Ich bücke mich, um meine Seiten aufzulesen. Ich versuche, sie wieder in Ordnung zu bringen. Ich zwinge mich zur Ruhe. Übrigens bin ich gar nicht zornig. Ich bin in einem sonderbaren Zustand. Irgend etwas geht vor.
– Oh das ist der Mühe wert sich zu bücken, sagt er, von da oben, er der Gentleman ist stehen geblieben in seiner ganzen Größe, 1 m 82, blond, graue Augen, Nase durchschnittlich, Mund durchschnittlich, Kinn leicht teigig. Oh ja das ist der Mühe wert! welch ein Talent, welches Genie! Ich wußte nicht, daß ich an der Seite eines Wunderkindes lebte, ah ah! eines metaphysischen und Striptease-Wunders! Mein armes Mädchen! Ich rate dir, wende dich an diesen Menschen, du weißt, der eine Spezialität daraus gemacht hat, die Schreibwütigen der Irrenhäuser zu publizieren. Da würdest du gut hineinpassen.

Eine Träne ist auf das Wörterbuch gefallen. Ich warte. Es kommt keine weitere mehr. Es muß wohl die letzte sein. Vor meiner Nase sehe ich die Füße Philippes. Ich lächle ihnen zu.

– Streng dich nicht an Philippe Aignan es funktioniert nicht mehr. Das einzige, was mich an der Sache bekümmert ist deine Indiskretion.

– Was denkst du meine Liebe wenn man sich so allein zu Hause findet, in Seinem Heim ...

Es ist merkwürdig, sie begreifen nie, wann es wirklich ernst ist. Er fährt fort zu schwätzen.

– ... wenn man wartet, ohne was zu tun zu haben; wenn die Stunden hingehen ... da muß man wohl eine Beschäftigung finden ... man ist versucht ... Wenn einer sich fragt, wo seine Frau ist ... da kommt er zwangsläufig dazu, sich zu fragen, wer sie ist ... diese Fremde ... die man da bei sich hat.

– Das hattest du dich zuvor nie gefragt?

– Schließlich Céline wirst du es mir sagen? Was du hast? Was mit dir los ist? Ich erkenne dich nicht wieder, was hast du seit einiger Zeit?

– Ich lebe.

– Du was?

– Ich lebe Philippe nichts weiter. Und das ist es, was dich stört.

– Natürlich, wenn du von mir weg lebst!

– Aber mein lieber Liebster, das ist es eben, mit dir sterbe ich halt.

Was Gutes ist am Karmel, das ist Gott. Gott zumindest ist vollkommen. Das ist seine Definition. Und von dem Augenblick an, da man ihn anerkennt, kann man sich ohne Besorgnis ihm überlassen, es kann nur nach oben gehen. So hoch oben, und nicht höher, als die Definition von Vollkommenheit, zu der man gekommen ist, es erlaubt; aber immerhin, nach oben. Hingegen, wenn man sich einem Geschöpf überläßt, wohin gerät man da?

Die weltliche Liebe, die ist Scheiße.

– Céline, immerhin ...

– Gut, der Formulierung fehlt es an Nuancen. Ich steh noch unter dem frischen Eindruck. Aber stimmen tut es.

– Und doch Céline, ich die ich dich liebe ...

– Ich hoffe Stéphanie, daß nicht ich es bin, die du liebst, sondern durch mich hindurch.

– Was durch dich hindurch?

– Das wissen wir nicht, was. Und es ist viel besser

so. Eines Tages wird man es vielleicht wissen. In der Hoffnung darauf lebt man.

Mein lieber Philippe,
Du hast mich zum Karmel eingeladen. Ich bin Dir gefolgt. Ich habe mich auf Dich verlassen. Das hieß, Dir recht viel Vertrauen entgegenbringen. Und es war von meiner Seite höchst unbesonnen. Ich fürchte mein lieber Philippe da hast Du Dich ein wenig für einen ganz Anderen gehalten. Deinen Händen überlassen bin ich nur immer abwärts gestiegen. Ein Mann macht keinen Karmel aus. Und gar ein Abgeordneter! ... So, wie ich es Dir rechtzeitig angekündigt habe, werde ich nicht einmal eine Stunde die Frau eines Abgeordneten dieser Richtung sein.
Du bist gewählt, ich gratuliere Dir, und ich verlasse Dich.
Ich kann nicht sehen, worin Du zu leiden haben solltest unter dem Verlust eines Menschen, an dem Du nichts liebtest als seine Niederlage, und so gehe ich denn ungetrübten Herzens aus diesem Haus, gewiß, dort keine Träne zu hinterlassen. Im Übrigen werden Deine Erfolge Dich bald von allem heilen. Was mich betrifft, so gehe ich, ohne etwas zu bereuen: es war keine verlorene Zeit; dank Dir habe ich, wie es die Laune der Liebe wollte, mich der Maschine nähern können, von der Du gleichzeitig ein unbewußtes Räderwerk und ein Vollzugsorgan bist, und die für uns, die wir noch atmen, ein Instrument des Todes ist. Es ist wichtig, sie zu kennen, zu beobach-

ten, wie sie arbeitet, um sich ihrer erwehren zu können, und sich am Leben zu erhalten. Dank Dir dafür, diese Gelegenheit gewesen zu sein Philippe, ich weiß nicht, warum ich Dich geliebt habe, aber es war nicht umsonst, Du hast mir Schlüssel geliefert, von denen ich Gebrauch zu machen wissen werde. Danke.

Was die praktischen Modalitäten anbelangt, Notar Martineau wird sich mit Dir in Verbindung setzen. Euer Protokoll verlangt es, glaube ich, daß ein Mann in Deiner Position die Schuld auf sich nehme, um eine Ehre zu bewahren, die für seine Karrière unentbehrlich ist, und ganz besonders für jene, die Du einschlägst; so bin ich denn, obwohl sie ganz bei mir zu suchen ist, gesonnen, sie Dir als Privileg zu überlassen. Sollte jedoch Deine Verärgerung über Deine Interessen obsiegen, so wäre ich, da politische Meinungsverschiedenheit durch den Code Napoléon als Scheidungsgrund nicht anerkannt wird, bereit, in Überfülle beizubringen, was immer von Gesetzes wegen nötig sein mag.

Ich habe einige persönliche Habseligkeiten mitgenommen, von denen ich annehme, sie verdient zu haben, und auf welche die Gütertrennung sich nicht erstreckt. Ich lasse Dir hingegen die für die Abgeordnetengattin bestimmten Kleider, für die ich nie Verwendung haben werde; sie können noch von Nutzen sein.

Céline Rodes.

P.S. – Dein Abendessen steht bereit.

– Wo läßt du ihn?
– Im Kühlschrank. Da gehen sie hin.
– Ich seh ihn von hier aus, sagt Bruno; Heimkehr des Gewählten, von Courbet. Angetan mit Ruhm und Liebeskummer. Seinem Volke zulächelnd und seinem Heim nachweinend.
– Kummer? Da kennst du ihn schlecht! Es wird nur einen Ausruf bei ihm geben, bei Philippe: Die Hure!
– Also, ich kann die Koffer nehmen? sagt Bruno. Kein letztes Bedenken?
Erschreckt, besorgt haben sie mir gesagt, all die guten Seelen: überlege gut, hast du genau überlegt, bist du sicher, bist du ganz sicher, daß du keine Dummheit machst, du wirst dann ganz allein sein, und deine alten Tage. Und wenn du krank wirst. Und wenn. Und wenn. Sie haben mir gesagt In allen Ehen gibt es Krisen das ist ja bekannt, die Dreijahreskrise die Fünfjahreskrise die Zehnjahreskrise, und die nach fünfundzwanzig Jahren, nach vierzig Jahren, man übersteht es, es renkt sich ein mit der Zeit. Ich bin sicher daß es sich einrenkt mit der Zeit das ist ja wohl das Schlimmste. Aber hab ich ihnen gesagt habt ihr mit den euren politische Meinungsverschiedenheiten? Das eben ist die Frage.
– Mein Gott ist diese Wohnung scheußlich. Und Urheberin dieser Scheußlichkeit bin ich. Was war denn mit mir los?
– Du liebtest.
– Das kanns nicht gewesen sein. Es muß was anderes gewesen sein. Das müßte einen anderen Namen

haben. Welchen? Ich werde suchen. Los, ich muß noch wählen gehen.
– Und wenn er heute Abend nicht gewählt wäre?
– Unsinn. Ich werd mir nicht den Spaß leisten, diese Koffer auszupacken, das ist denn doch zu langweilig.
– Céline . . . sagt Bruno.
– Ist es zu schwer?
– Nein. Es ist leicht.
– Ich hab so wenig genommen wie nur möglich.
– Das ist es nicht, was ich sagen wollte.
Fünf Treppen. Ich habe ein Stockwerk zugewonnen, seitdem ich dieses Haus verließ, mein altes Zimmer war nicht frei. Da ist die Tür. Ich seh sie an. Man weiß nicht, was man finden wird, hinter einer Tür.
– Céline, sagt Bruno und setzt sich auf die Koffer, weißt du was mit mir los ist?
– Du bist müde.
– Nein, ich bin verliebt.
– Mein Gott! stöhnt Stéphanie und setzt sich auch.
– Auf alle Fälle ist es nie von Übel, sich hinzusetzen und einen Augenblick die Welt zu bedenken, sage ich und tue desgleichen. Wie sie auch sei.
– Bedenken wir also, sagt Bruno.
– Wir haben jederlei Zeit, sage ich.
– Ich liebe das Leben, sagte Stéphanie.
– Wir haben Zeit, so viel wir wollen.
Morgen, übermorgen, und die Ewigkeit. Jetzt aber meine Freunde werdet ihr mich verlassen. Mich verlassen. Mich eintreten lassen bei mir. Man weiß nicht, was man finden wird hinter einer Tür.

Ich schließe sie hinter mir. Ich lehne mich an sie. Ich bin da.
Ich schaue.
Ich atme.
Endlich. Allein.

Von Christiane Rochefort
erschienen im Suhrkamp Verlag

Das Ruhekissen. Roman. Aus dem Französischen von Ernst Sander. 1977. 296 Seiten. *suhrkamp taschenbuch* Band 379

Kinder unserer Zeit. Roman. Aus dem Französischen von Walter Maria Guggenheimer. 1978. 164 Seiten. *suhrkamp taschenbuch* Band 487

Mein Mann hat immer recht. Roman. Aus dem Französischen von Walter Maria Guggenheimer. 1978. 228 Seiten. *suhrkamp taschenbuch* Band 428

Eine Rose für Morrison. Roman. Aus dem Französischen von Eugen Helmlé. 1980. 230 Seiten. *suhrkamp taschenbuch* Band 575

Zum Glück gehts dem Sommer entgegen. Roman. Aus dem Französischen von Eugen Helmlé. 1978. 222 Seiten. *suhrkamp taschenbuch* Band 523

Frühling für Anfänger. Roman. Aus dem Französischen von Eugen Helmlé. 1979. 224 Seiten. *suhrkamp taschenbuch* Band 532

suhrkamp taschenbücher

st 580 Hans Eppendorfer
Der Ledermann spricht mit Hubert Fichte
Nachwort von Herbert Jäger
224 Seiten
Als Hubert Fichte Hans Eppendorfer das erste Mal traf, war Eppendorfer gerade aus dem Gefängnis entlassen. Mit 17 Jahren hatte er eine Frau umgebracht. Warum? Jahre, nachdem Eppendorfer das Gefängnis verlassen hat, spricht Fichte erneut mit ihm.
»Ohne den unerschrockenen Versuch, in das große Dunkelfeld der Erkenntnis menschlicher Grausamkeit, ihrer Ursachen und Erscheinungsformen, hineinzuleuchten, wird es kaum möglich sein, mit Aggressivität differenziert umgehen zu lernen und Grausamkeit wirklich einzudämmen.« *Herbert Jäger in seinem Nachwort*

st 581 Alexander Trocchi
Die Kinder Kains
Aus dem Englischen übersetzt von Wulf Teichmann
232 Seiten
Das Buch von Joe, dem Junkie, der auf einem Schleppkahn im New Yorker Hafen lebt, dessen Welt sich bevölkert mit all denen, die die Gesellschaft exiliert hat. Einzige Verbindung zur »Gesellschaft« ist die Polizei. *Die Kinder Kains* ist neben *The Naked Lunch* von William Burroughs das bedeutendste Zeugnis der jüngeren amerikanischen Rauschgiftliteratur.

st 583 Jörg Steiner
Ein Messer für den ehrlichen Finder
Roman
196 Seiten
José Claude Ledermann – genannt Schose – sucht früh den Ausweg aus den häuslichen Verhältnissen. Er möchte Radfahrer werden, aber ein Unfall macht die Hoffnungen zunichte. Aus dem Krankenhaus entlassen, muß er erleben, daß ein Schulkamerad sein Rad verkauft hat. Schose sticht ihn mit dem Taschenmesser nieder und muß für Jahre in die Erziehungsanstalt. Nach seiner Entlassung findet er Arbeit auf einem Frachtkahn. Aber es bleibt ungewiß, ob es ihm gelingt, endlich Fuß zu fassen.

st 584 Manuel Scorza
Trommelwirbel für Rancas
Eine Ballade
Aus dem Spanischen von Wilhelm Plackmeyer
276 Seiten
Eine Ballade, die von der Macht der Mächtigen und der Ohnmacht der Armen in Peru erzählt. Scorca führt den Leser in die grausigen Verhältnisse ein, in die in den Zentral-Anden gelegenen Dörfer, die auf keiner Karte verzeichnet sind, es sei denn auf denen der Militäreinheiten, die im Sinne ihrer Befehlshaber das Elend bestimmten und schließlich die Dörfer auslöschten um eines Reingewinns willen.

st 585 Herbert W. Franke
Zone Null
Roman
Phantastische Bibliothek Band 35
190 Seiten
Stellen Sie sich vor: Zwei Supermächte haben sich nach einem atomaren Konflikt in völlige Isolation zurückgezogen. Nach Jahrhunderten bricht eine Expedition auf, stößt durch das verseuchte Niemandsland – die Zone Null – in das Gebiet des ehemaligen Gegners vor. Die fremdartige Umwelt übt auf die Expeditionsteilnehmer eine seltsame Faszination aus. Es gibt keine Brücke mehr zueinander für die beiden Kulturen, es sei denn um den Preis der Selbstaufgabe.

st 587 Dieter Kühn
Josephine
Aus der öffentlichen Biographie der Josephine Baker
Mit Abbildungen
164 Seiten
»Über das ›schwarze Idol‹ Josephine Baker entstand mit Kühns straffer und kluger Sprache ein Porträt, dessen eindeutig abenteuerliche Züge nicht der leisen Tragik entbehren. Kühn läßt die ›öffentliche Biographie‹ dieses Erfolgsgirls und die kritischen Fragen im Zusammenhang damit ein formal und stilistisch raffiniertes Mosaik werden. Der Leser wird keinen Augenblick aus dieser vergnüglich-ernsten Spannung entlassen.« *Imprint*

st 588 José Maria Arguedas
Die tiefen Flüsse
Roman
Aus dem Spanischen übertragen von Susanne Heintz
296 Seiten
»Der Erzähler Ernesto, ein Sohn von Weißen, ist unter Indios aufgewachsen und später in die Welt der Weißen zurückgekehrt. Er paßt sich nicht an, bleibt Einzelgänger und evoziert so die tragische Opposition zweier Welten, die sich nicht kennen, ablehnen und nicht einmal in seiner eigenen Person schmerzlos miteinander leben können.«
Mario Vargas Llosa

st 589 Basis. Jahrbuch für deutsche Gegenwartsliteratur
Band 10
Herausgegeben von Reinhold Grimm und Jost Hermand
272 Seiten
Mit Beiträgen von Jost Hermand, Horst Denkler, Helga Geyer-Ryan, Wolfram Malte Fues, Dieter Kafitz, Frank Trommler, Ulrich Profitlich, Ralf Schnell, Peter Uwe Hohendahl, u. a. Ohne methodisch festgelegt zu sein, sucht *Basis* eine Literaturbetrachtung zu fördern, die an der materialistischen Grundlage orientiert ist.

st 590 Reinhold Schneider
Die Hohenzollern
Tragik und Königtum
Herausgegeben mit einem Nachwort von
Wolfgang Frühwald
Mit Abbildungen
304 Seiten
Es geht in diesem Buch nicht um den Anspruch der Hohenzollern, sondern um einen unbezweifelbaren Auftrag an ein Geschlecht, eine Landschaft, eine Zeit. Anliegen dieses Buches ist: Ehrfurcht vor der Geschichte, dem Gewesenen überhaupt.

st 591 Milan Kundera
Abschiedswalzer
Roman
Aus dem Tschechischen von Franz Peter Künzel
248 Seiten

Der Blick fällt auf ein Badestädtchen, dessen Reichtum die Quellen sind, die Frauen von Unfruchtbarkeit heilen. Ružena ist das Mißgeschick passiert, das für die übrigen Kurgäste das langersehnte Glück wäre: sie ist schwanger. Figuren verschlingen sich, Paare lösen sich auf und gehen neue, unerwartete Verbindungen ein.
»*Abschiedswalzer* ist nichts anderes als eine brillante Prosakomödie, eine Mischung aus Feydeau und Schnitzlerschem *Reigen,* von satirischer Groteske und ideologiekritischer Scharfsichtigkeit.«

Der Tagesspiegel, Berlin

st 593 Zehn Gebote für Erwachsene
Texte für den Umgang mit Kindern
Zusammengestellt und mit einem Nachwort versehen von Leonhard Froese
224 Seiten
Diese Sammlung geht von zehn Postulaten aus, die der Herausgeber zum *Internationalen Jahr des Kindes* der Öffentlichkeit übergeben hat. Sie ordnet diesen Postulaten bedeutende Aussagen namhafter Autoren und Schriften der Antike, des Mittelalters und der Neuzeit zu. Dabei fällt auf, daß Äußerungen weit auseinanderliegender Zeiten und Räume häufig nicht nur dem Wortsinn, sondern gelegentlich auch der Aussageform nach übereinstimmen.

st 594 Jan Józef Szczepański
Vor dem unbekannten Tribunal
Fünf Essays
Aus dem Polnischen übersetzt und erläutert
von Klaus Staemmler
160 Seiten
»... was ich jetzt schreibe, ist ein weiterer Versuch, das Schweigen zu durchbrechen, in das uns unsere kleingläubige Schwäche versetzt hat.« Dieses Zitat aus Szczepańskis »Brief an Julian Stryjkowski« könnte als Motto über den fünf Essays stehen, die dieser Band versammelt. Das Schweigen (aus Feigheit oder Dummheit) läßt Unrecht und Unmenschlichkeit zu. Jede Stimme, die es zu durchbrechen sucht, ist ein nicht zu überhörender Appell und ein Nachweis der Humanität.

st 595 Ödön von Horváth
Geschichten aus dem Wiener Wald
Ein Film von Maximilian Schell
Mit zahlreichen Abbildungen
160 Seiten
Zur Uraufführung des Maximilian-Schell-Films »Geschichten aus dem Wiener Wald« nach dem Volksstück von Ödön von Horváth liegt dieser Band mit dem Drehbuch von Christopher Hampton und Maximilian Schell und zahlreichen Fotos des 1978 in Wien und Umgebung entstandenen Films vor, der den Entstehungsprozeß des Films dokumentiert.

st 596 Hans-Georg Gadamer, Jürgen Habermas
Das Erbe Hegels
Zwei Reden aus Anlaß des Hegel-Preises
104 Seiten
»Niemand sollte für sich in Anspruch nehmen, ausmessen zu wollen, was alles in der großen Erbschaft des Hegelschen Denkens auf uns gekommen ist. Es muß einem jeden genügen, selber Erbe zu sein und sich Rechenschaft zu geben, was er aus dieser Erbschaft angenommen hat.«
Hans-Georg Gadamer

st 597 Wilhelm Korff
Kernenergie und Moraltheologie
Der Beitrag der theologischen Ethik zur Frage
allgemeiner Kriterien ethischer Entscheidungsprozesse
104 Seiten
Die vorliegende Studie ist einer konkreten Herausforderung entsprungen. Im Entscheidungskonflikt um das Projekt eines Kernkraftwerks in Wyhl/Oberrhein wurde der theologische Ethiker um eine Stellungnahme angegangen. Da die gegenwärtige ethische Theorie wenig Strategien hinlänglicher Leistungsfähigkeit bereitstellt, wandte sich der Verfasser den tradierten Modellen zu, um ihnen mögliche Gesichtspunkte abzugewinnen.

st 628 Georg W. Alsheimer
Eine Reise nach Vietnam
224 Seiten
Alsheimer kehrt in seine »Wahlheimat« zurück. Die Narben des amerikanischen Alptraums sind noch allgegen-

wärtig. So gerät die Konfrontation des Damals mit dem Heute zunächst zu einem Verfolgungswahn. Erst als er durch das Vertrauen seiner Freunde das Damals mit dem Heute verknüpfen kann, verwandeln sich in dieser Krise seines politischen Credos die gläubigen Visionen in einen gemäßigten, kritischen Optimismus. Den Prozeß, der zu dieser Einsicht führte, protokolliert Alsheimer in diesem Reisetagebuch. Alsheimers *Vietnamesische Lehrjahre* liegen als st 73 vor.

st 629 Wie der Teufel den Professor holte
Science-fiction-Erzählungen aus POLARIS 1
Phantastische Bibliothek Band 37
132 Seiten
Der Band enthält Erzählungen von Stanisław Lem, Gérard Klein, Kurd Laßwitz, Fitz-James O'Brien, Vladimir Colin.

st 630 Das Mädchen am Abhang
Science-fiction-Erzählungen aus POLARIS 2
Phantastische Bibliothek Band 38
178 Seiten
Der Band enthält Erzählungen von Wadim Schefner, Sewer Gansowski, Arkadi und Boris Strugatzki, Ilja Warschawski.

st 631 Der Weltraumfriseur
Science-fiction-Erzählungen aus POLARIS 3
Phantastische Bibliothek Band 39
144 Seiten
Der Band enthält Erzählungen von Josef Nesvadba, Gerd Ulrich Weise, Sven Christer Swahn, Vladimir Colin, Frigyes Karinthy.

st 632 Die Büßerinnen aus dem Gnadenkloster
Phantastische Erzählungen aus PHAÏCON 2
Herausgegeben und mit einem Vorwort von
Rein A. Zondergeld
Phantastische Bibliothek Band 40
122 Seiten
Der Band enthält Erzählungen von Joseph Sheridan Le Fanu, Erckmann-Chatrian, Jean-Louis Bouquet, Julio Cortázar, Manfred Wirth, Jörg Krichbaum.

Alphabetisches Gesamtverzeichnis der suhrkamp taschenbücher